行云忆水

骆海燕　著

上海文艺出版社

图书在版编目（CIP）数据

行云忆水 / 骆海燕著． -- 上海：上海文艺出版
社，2025． -- ISBN 978-7-5321-9194-9

Ⅰ．I267

中国国家版本馆 CIP 数据核字第 2025Q5X958 号

责任编辑　毛静彦
装帧设计　长　岛
封面绘画　七日彩绘

书　　名：行云忆水
著　　者：骆海燕
出　　版：上海世纪出版集团　上海文艺出版社
地　　址：上海市闵行区号景路 159 弄 A 座 2 楼　201101
发　　行：上海文艺出版社发行中心
　　　　　上海市闵行区号景路 159 弄 A 座 2 楼 206 室　201101
　　　　　www.ewen.co
印　　刷：苏州市越洋印刷有限公司
开　　本：880×1230　1 / 32
印　　张：7.5
字　　数：158，000
版　　次：2025 年 1 月第 1 版　2025 年 1 月第 1 次印刷
Ｉ Ｓ Ｂ Ｎ：978-7-5321-9194-9 / I・7216
定　　价：68.00 元
告读者：如发现本书有质量问题请与印刷厂质量科联系　T：0512-68180638

序

谢方儿

　　大约半个月前，骆海燕风风火火地对我说，我准备出版第二部散文集《行云忆水》了，第一部散文集请你写的序，这一部散文集还是请你给我写个序。我想了想，骆海燕创作的勤奋确实令人刮目相看。之前，经常听骆海燕说些自己在灯下忘我创作的实例，以为这只是一个作者的一般创作状态。没想到，骆海燕一年时间又写了一部十多万字的书稿。对于一个写作者，特别对于还在为生存和事业奔波的写作者来说，这种创作历程无疑就是在彰显勤奋和执著。

　　在文学创作上，我们一直都相信优秀的作者是因为有天赋，这是文学创作与生俱来的"源动力"。然而，在创作过程中仅有这样的天赋是远远不够的，你不勤奋你的天赋就是深埋在地下的金子。从这个意义上去理解，我也相信是勤奋"拯救"了骆海燕的文学天赋。事实证明，骆海燕确实就是这样的一个写作者，她今生的"我"和她的文学、勤奋与天赋浑然一体，成全了她生命中与文学的有缘相遇。

骆海燕的这部散文集《行云忆水》有三部分组成:"古城故事""路过世界""在人间"。题材主要涉及历史、游历和生活等,其中也融入了她内心对生死、生存、生态的一些感慨和感悟,充分显现了作者在创作过程中的诚实和纯真。

骆海燕的《行云忆水》的创作风格基本延续了她熟悉的路径,可以说,与她的第一部散文集《不曾湮没的流年》一脉相承。如果说有不同或变化,我觉得在某些方面或多或少还是有的,这是一个写作者应该有的创作状态。显而易见,这部散文集在叙事抒情、营造意境、聚散有序、尊重现实等方面都有所提升。虽然没有"轰轰烈烈"的创作现象,但找到了自己文学创作的"位置"。也就是说,骆海燕的创作道路走得既踏实又充满自信。

《行云忆水》用平凡的题材构建了一个丰富多彩的现实世界。

现代散文一般是指除小说、诗歌、戏剧等文学体裁之外的其他文学作品。散文既可以叙事,也可以抒情,甚至可以用来写公文等。从这个角度来看,散文的题材是比较"散""杂""乱"的,所以,我们的生活有多杂乱,散文的题材就有多丰富,这就是散文的"形散而神不散"。

这部散文集的题材之所以说它是"平凡"的,是因为它几乎没有触碰到有关历史、政治、时代的宏大主题,或者说,这些题材没有具备"大散文"的特质。有的是《西鲁往事》中,作者的"西鲁是我的根,也是我的梦"的情感抒发;有的是《老小孩记事》中,作者对患阿尔茨海默症的母亲的深情呼唤,"有希望,日子就不会绝望";有的是《滇西北印象录》《诺邓,藏在深山里的故事》《美国小记》等游历过程中,作者身处异国他乡时心灵、身体和环境产生碰撞的思想火花。有关游记的文字，在这部散文集中所占的篇幅很多，可见作者在游历中的感触良多。游记是散文的重要组织部分，作者走过、看见、经历的看似平淡无奇的点滴都是作者的落笔点。游记也能写成名篇的，像古代陶渊明的《桃花源记》、范仲淹的《岳阳楼记》、欧阳修的《醉翁亭记》和苏东坡的《记承天寺夜游》，近当代的散文游记如巴金的《鸟的天堂》、郁达夫的《钓台的春昼》、余秋雨的《文化苦旅》等。确实，骆海燕的每一次游历都是有启发、有感受、有收获的，积累素材，丰富阅历，开阔眼界。

骆海燕善于发现和选择属于自己能够拿捏得体的生活瞬间，将其散乱而细碎的点滴汇聚起来，成为岁月的记忆、时光的回望和文学的家园。所以，骆海燕的日常生活就是她笔下的现实世界。

《行云忆水》用平和的心态营造了一个返朴归真的清亮境界。

读完这部厚实的散文集，我们不难发现，骆海燕的创作心态一如既往的平和。我对此的想象是这样的，骆海燕面对她笔下喜怒哀乐的人、事、物，有的触动心灵，有的影响心境，有的感慨万千。《刻在时光里的塔影》写的是绍兴城里的大善塔，这座佛塔建于公元 504 年底，岁月上千年，世事多轮回。可以肯定，当骆海燕落笔时，关于大善塔的史料已经翻阅了许多次，其中的往事沧桑、时光回响、生生不息等都会引起她对历史和现实的关注与共鸣。然而，思绪飞扬的骆海燕的创作心态却依然保持着平和，她把对这座千年古塔的个人情感隐藏起来，笔自然而然地落下去："此刻，屋外的雨下得更密集了。院子里，一株大芭蕉树已攀升到楼窗外。成串的雨滴，不停地顺着宽厚的蕉叶外下流。"接着，关于大善塔的十一个故事娓娓道来。平静，乐观，自然，让读者看到了一个有血有肉的清亮世界，这是历史的，也是现实的。

　　骆海燕在写到外婆、舅舅、表哥等人物时，没有被心潮激荡的情感所操控，而是感觉她和读者在拉家常，在写外婆家的《西鲁往事》中："我跟着舅舅鲁绍成、表哥鲁国民，再次来到桥头饭店的河沿口时，皋埠老桥宛如一位沉默的长者，端坐在冬日午后热辣辣的暖阳里，与新建的银皋埠大桥遥遥相望。"骆海燕从未见过外婆，她只见到过外婆的照片，"一张照片是学生时代的你。留着齐耳短发，穿一件立领大襟短上衣，下着玄色长裙。典型的民国时期女学生模样。照片上的青春，恬静而稚气"。她没有用华丽的词藻和汹涌的浓情去渲染自己的内心世界，而是用平和的姿态展现出一个个真实的生活原型。当然，我们也看到骆海燕在写到患有阿尔茨海默症母亲这个"老小孩"时，她一直平和的创作状态也有失去平衡的瞬间，这是人性、亲情和感恩的碰撞，"那一刻，我觉得整个宇宙都来帮我了，原来娘还有希望，原来我们还没到山穷水尽之地。"绝望和希望，其实一直都伴随着我们的生活，我们有时候麻木，有时候敏感，或许只有平和能抚慰我们现实中的酸甜苦辣。

　　许多时候，我们的创作都是有情绪化倾向的，这既是创作个性，也是创作陷阱。骆海燕能坚持客观用平和的心态把世俗的"我"安放在文字之外，避免了个人的认知和观察过度加入创作。这是一个作者成熟和明智的选择，也是写作者对创作和文字的尊重。

　　《行云忆水》用平实的语言抒写了一个放飞心灵的精神家园。

　　其实，谈散文的语言是一个比较专业的话题，我仅从一个读者的角度，聊几句骆海燕散文的语言特色。散文对于语言的要求比较高，作者在创作中要讲究语言的"适用性"和"精准性"，充分发挥作者的创作个性。我觉得，骆海燕在最近的创作实践中，已经自然而然地形成了自己擅于把握的语言个性。

在《消逝的日历》中，骆海燕写到病到晚期的"淑芬"时，她一定是百感交集的，然而她笔下的文字是这样的："院子里，清脆的鸟叫声不时从枣树上传来。一对粉白的蝴蝶在几枝玫瑰和月季之间翩飞逗留。葱绿的南瓜藤蔓延着，四季豆棚也抽到半人高了。淡紫的小雏菊爬满了几只石捣臼周围。充满生机的院落与愁云密布的屋内，似乎成了两个世界。"这平实清淡的文字，似乎把骆海燕憋压在心里的所有悲痛、惋惜和希冀换了一种方式表达出来，这无疑就是语言的魅力。

"伊朗十一日之行的所见所闻，宛若彩蝶，从一千零一夜的宝盒里飞出来，在我身后的光影里翩跹。"在近两万字的《伊朗见闻录》中，骆海燕的笔触像摄像机，记录了伊朗的风土人情和波斯文化。这里的语言个性也比较明显，该铺张就铺张，该精炼就精练，语言运用张弛有度、平实轻松，"此刻，偌大的露天庭院里灯火辉煌，院中央伊朗风格的喷水池灯影闪烁。两大张餐桌上国人惯用的圆桌盘与碗筷已摆放就绪。当下，看到十天没摸上的筷子，众人感觉眼泪都要出来了。"骆海燕用恰当而又尽可能少的语言反映了两种不同文化的客观状态，也生动形象地表达了游子在他乡的真实情感。

骆海燕的散文在写人、叙事、绘景等创作上，可以说，节奏比较平稳，语调比较和谐，内容比较生动。另外，骆海燕的散文里经常有人物的对话，这是她的一种创作偏爱，或者说，是她擅长描写人物的优势。其实，散文里的人物对话是创作的"双刃剑"。如果把握准确到位当然是一种优势，反之，就会影响人物形象，或者出现叙述角度的错位和混乱。我相信，骆海燕有能力把握这把"双刃剑"，因为作者的每一次创作都是在实践、在提升。如果我们的散文能够写到和读者没有隔阂，那么读者就能读出作者文字背后的人性、情怀和思想，这就是散文之美的本质。

2024 年 11 月 2 日晚，记于隔离斋灯下

目 录
contents

第三辑 在人间

第一辑 古城故事

我的古城，始终如梦一样温柔。

——子衿（绍兴）

刻在时光里的塔影

一

2024 年仲夏。陈庄山居屋外，梅雨潇潇。

滴答、滴答，落在石捣臼里的雨滴声，不停敲打文心的耳膜。坐在书桌前的她觉得，手上正在阅读的一排排打印稿铅字，仿佛也沾染了水汽，湿润起来。文心揉揉发酸的眼窝，起身，踱到二楼。她从木格子花窗望出去，雨中的花坞茶谷被一片迷茫的雾气笼罩，显得飘渺而神秘。此刻，同样飘渺而神秘的一座塔影，又在她脑海浮现。

月前，区文史馆办公室里，几杯沏好的平水珠茶，在长长的会议桌一角弥漫着浓郁的茶香。王副馆长把一叠有关大善塔的文史资料，交到文心手上。

这是一份五十三页的打印资料。首页是一张照片，七层佛塔古老的身影矗立在苍穹下，欲语还休。照片下写着"大善塔——笔者摄于 2018 年 11 月 20 日"，白纸黑字，分外醒目。这座古塔的样貌，对于从小生长在古城的文心来说，自然是不陌生的。

在跟王副馆长的交谈中，文心大致了解到这份史料的来龙去脉。

六年前，王副馆长调到区府办公室，负责有关民族宗教工作。在查阅资料时，一部名为《大善塔志稿》的志书豁然出现在他的眼前。即使作为土生土长的绍兴人，他对大善塔也是知之甚少，只知道它是一座建于南宋时期的千年古塔。当下，他如获至宝似的匆匆阅读起这记载昔日绍兴大善塔的志书。屈指一算，他发现这志稿已有一百八十载春秋。之后，他又了解到，除了浙江图书馆保存有清代沈复粲的手稿原件外，古城图书馆还有一册民国抄本，均完好收藏。他意识到，这《大善塔志稿》是一部不可多得的珍贵历史资料，而且对于了解大善塔的历史背景有着举足轻重的作用。于是，他有了一个想法并付诸行动。半年后，一份三万多字的大善塔志稿注释打印成册。

"大善塔的故事，值得撰写。"文心看到，王副馆长对她说这话时，透明镜片后的眼睛在发光。

此刻，屋外的雨下得更密集了。院子里，一株大芭蕉树已攀升到楼窗外。成串的雨滴，不停地顺着宽厚的蕉叶外下流。回到书房，文心翻开打印稿，继续读了下去。渐渐地，她眼前的文字似乎在游动，在虚空里跳跃，一会儿又变成一些人物，在她跟前来回晃动，他们的身后，塔影绰约。文心把整个后背靠在陈旧的太师椅上，不觉恍惚起来。

就在这个夜晚，伴着时断时续的雨声、间或的夜鹰哒哒声，文心思绪涌动。涌上脑海的文字，随着手指落在键盘的敲打，在笔记本上缓缓流淌。

二

南朝萧齐年间，江南会稽郡以山清水秀、文风浓郁，尤其是佛教兴盛而闻名遐迩。

早在东晋初年，许多为躲避战乱的北方豪门士族，以及一些怀有传教热情的僧人，沿建康—京口—会稽之间畅通的江南运河水道，纷纷南渡，来到山清水秀的江南。江南清丽的自然景色，尤其是会稽山水的独特风貌，正好治愈那些经历了"八王之乱"和异族入侵的悲怆情绪。加之东晋王朝偏安一隅，帝王与世家大族对佛教日益加深的崇敬之下，佛教在会稽也迅速发展起来，成为江南地区佛教中心之一。此外，以支遁为代表的东晋高僧，活动于会稽的士族上流社会中，以其才智与人格扩大了佛教在会稽的影响。以致到了南朝，佛教在会稽呈持续发展状态。

这还得从南朝齐武帝的次子萧子良说起。齐代皇室萧氏家族都信奉佛教，作为宗室重要成员的萧子良也不例外。他不仅在政治上有所作为，文学才华横溢，而且是一位虔诚的佛教徒。他在建元元年，曾任会稽太守。即便在会稽只有短短一年，萧子良也是经常出入当地寺庙，并延请高僧在会稽讲经论佛。可以说，用佛门僧侣向往与游巡之地，来形容当时的佛教极盛之地会稽，毫不夸张。彼时，许多庙宇塔寺拔地而起，成为会稽郡的一道靓丽风景线。这其中，就包括四面环水、风景独特的大善寺，以及寺内七层浮屠的大善塔。

话说山阴城南和里，有一户富裕之家，家里除了经营酿酒作坊和茶坊外，还有良田无数，佣人耕种。

男主人姓钱名大兴，和里本地人，其祖上曾在朝中为官，后因病告老还乡，给子孙留有殷实家业。夫人沈氏，出嫁前也是会稽城富家小姐，据说嫁到钱家时，嫁妆船有几里长。这沈氏娘家是做南北贸易的，其中就包括茶贸易。

相较晋时茶仅为待客敬宾之俗，到了南朝，扩展到对祖先神灵的祭祀上，加上当时上层社会嗜茶成风，士大夫以及僧侣极力推崇饮茶，因而茶贸易已形成一定市场。

从小耳染目濡茶道的沈氏，在娘家时就经常随父母去建康甚至洛阳做生意，小小年纪已见识世面，并不是个待在绣楼步门不出的闺阁千金。所以她嫁到钱家后不久，征得相公首肯，便着手操办起茶行来。这时候，士人已把饮茶作为一种享受，进而研究起茶具来，这使得会稽的越瓷也跟着声名鹊起。俗话说，青出于蓝而胜于蓝。有经商头脑的沈氏嗅到了这一商机，就在茶行里兼营茶具等越瓷买卖。不出半年，沈氏已把茶行打理得风生水起。街坊邻里都说钱家有乐善好施的阴德，娶到个旺门庭的好媳妇。

说钱家乐善好施，此话一点也不假。从钱家祖上起，就经常做一些修理铺桥、帮衬左邻右舍的好事。遇到荒年欠收，钱家不仅不收雇农租粮，还开仓舍米，施粥办斋。行善助人已成为钱氏一门家风。

媳妇沈氏也是个虔奉三宝的佛信徒，平日里，每逢初一月半，少不了去寺庙烧香拜佛。这一日是十月初一，沈氏照例去了寺庙。当她跪在合掌观音佛像前时，默默许了个心愿，如若得个一男半女，一定会让孩子长大后多起善念、多做善事。

也许是日有所思夜有所想，当晚，睡梦中的沈氏看见一颗硕大的明珠，闪着光从半空坠落，直接掉进了她的嘴里。她一下从梦中惊醒，看看四周，除了身边的相公，什么也没发生。她用丝帕轻轻擦去额头的细汗，躲进相公怀里，合上眼睛继续睡，可怎么也睡不着。梦里的那颗明珠一直在她脑海里闪着夺目的光耀。

过了一个多月，沈氏感觉自己没来由地浑身无力，除了没什么食欲，还一直嗜睡。大兴以为夫人得了什么病，赶紧请了个会稽城有名的郎中来家。郎中一把脉，起身给大兴道喜说，你家娘子有喜了！一句话让夫妇俩开心得立马给郎中封了个大红包，又千恩万谢地把他送出门。沈氏双手合十，抬头朝天，默默作揖道："阿弥陀佛，观音菩萨显灵了！"

次年永明二年五月十日，沈氏怀孕足月生了个肤白唇红的胖女娃。女娃坠地时，大兴听到屋里似乎有个声音在说："有相无相，是大善相。"他感到很诧异，于是当即给孩子取名为钱善。未等接生坐婆把女娃洗净包裹好，这娃一睁眼，就对着她娘笑。在场众女眷都说，这孩子是来报恩的。

钱善周岁时，家人们选了个黄道吉日，给孩子举办"抓周"仪式。面对摊在桌上的一堆物品，沈氏怀里的女娃，一对乌溜溜黑白分明的眼睛哪也不看，只冲着一串檀木香念珠，伸出胖乎乎的小手。等靠近桌子时，女娃一把抓起佛珠，咿咿呀呀地想说话。众人见了，直呼：这孩子与佛有缘！

钱善从小就特别乖巧，很少有哭声，也不爱多说话。等到会识字断文了，她常常捧着其母亲嫁妆里的一本《放光般若经》静静地翻看。每次随母亲从寺庙烧香拜佛回来，钱善就显得特别开心。她不止一次告诉母亲，很喜欢听和尚师父的念经声。沈氏暗地里跟相公嘀咕：小女难不成是佛祖门下徒转世投胎而来。大兴听了哈哈大笑说，我这千金有慧根呢！

大兴十分宠爱女儿，把她当做手心里的宝。他很早就给女儿准备好了价值上万银的嫁妆，并期待宝贝女儿将来能嫁个好郎君。

谁料天有不测风云。齐永元二年（500），刚过十六岁生日的钱善忽然得了急病，大兴找遍城中所有名医都无法把爱女从鬼门关夺回来。钱善奄奄一息之时，给父母留下遗言：把双亲为自己准备的陪嫁卖了，建一座佛寺，女儿虽死犹生。说完，一缕香魂幽然归西。悲痛欲绝的大兴夫妇厚葬完爱女，便四处打听合适的珈蓝之地，但一直未果。

一转眼四年过去了，时间来到梁天监三年（504）。某日，大兴随风水先生经过距山阴县东北方向约摸三里处的一片屋宅，但见绿荫围绕，一大片水塘静卧其间。先生停住脚步，沉吟片刻，说："珈蓝之地，非此莫属。"于是，大兴便登门造访，把缘由如实相告宅主。元宝一听，惊奇地说："真是无巧不成书，此乃天意也！"元宝向大兴一五一十地讲了起来。此前，黄元宝从邻居嘴里得知钱家在四处寻求寺基之事，不免唏嘘有加。近日，正在午睡的黄元宝梦见观音大士踏云而至，对他说："此地适合如来居住，请行方便。"说完，便驾云而去。醒来后的黄元宝回想梦中情景，自当是闻听之余的心思造梦，也不放在心上。今日听大兴这么一说，他就认起真来，当即向大兴表示，这是冥冥之中的安排，也是一种缘分，自己愿意用半价出让宅基，以了贵千金遗愿。大兴听了，自是拜谢不已。

当时城内有个名澄贯的别寺僧人，听说此事后，主动上门跟大兴说，自己有主持建造寺庙的经验，愿意来承担这佛寺工程。大兴听了欣喜有加，当即委以重任。数日后，澄贯师父带着设计草图再次上门向大兴汇报说，主体佛寺包括寺内佛塔，均以水塘为中心，四面环水，寓"四方净土，八方德水，四边皆道之佛境"之意。大兴夫妇听了自是合掌作揖，连连道谢。

公元504年初春，一切准备就绪。寺院开工奠基那天，山阴、会稽的许多老百姓都闻讯赶来，里三层外三层地挤满了水塘四周，一睹佛寺开工盛况。但见工地上，天朗气清，彩霞舒展；岸柳滴翠，水波曜金。有诗为证："吉时良辰瑞云临，庙宇新筑邻水建。钟鼓梵音后来事，天地精华聚钟灵。普渡众生慈悲念，福祉有源无穷尽。夙愿佛缘皆因果，积善之家有余庆。"

之后，澄贯师父手持图稿，日日在工地上亲自监理，分配众多工匠各施其职，日夜赶工。不出年底，一寺一塔，顺利竣工。大功告成之日，澄贯师父命人在寺院主殿屋栋上题写这具有历史意义的日子："梁天监三年岁次甲申十二月庚子朔八日丁未建。"数日后，会稽府衙将此事请奏于朝廷。梁武帝为钱善善举所感，亲题寺名"大善"，并赐匾额，另赐丝绸贡缎三千匹，作为供养大善寺物资。

自此，一座四面环水、界内水域四方各宽及 280 米有余，由佛塔、大雄宝殿、经堂、钟鼓楼、藏经楼、僧房、斋堂等伽蓝七堂建筑组成的大善寺院正式落成。而高耸的七层浮屠"大善塔"，静静地守护着这一片庄严而肃穆的寺院，守护着会稽城的芸芸众生。

三

　　唐开元年间是唐朝巅峰时期，无论从政治、军事角度，还是经济、文化方面，整个社会都处于世界前列，是中国历史上一个相对繁荣的时期，史称开元盛世。开元二十年（732），唐玄宗偶然听说钱善与大善寺的故事，甚为感动，于是立即下诏，敕封钱善为肇兴夫人。

　　公元 738 年，为了纪念和超度水陆战争中为国捐躯的英灵，唐玄宗下令，在全国各地建造一座大寺，以年号命名。越州都督庞玉接到旨令后，马上召集州府相关官员商议建寺之事。有人提议，短时间内选址建寺恐有闪失，不如效仿邻州，择城中古刹而改名为妥。庞玉听了，觉得此法可行，在场的众官员们也一致附和。大善寺遂改名为开元寺。这一改，便是整整 192 年。一直到后唐长兴元年，大善寺才得以恢复原名。这不得不提一下吴越王钱镠。

　　因下令修筑钱塘江沿岸捍海石塘，为江边农田提供了灌溉之利的吴越王钱镠，在当时两浙民间颇有口碑，被誉为"海龙王"，深得吴越国老百姓信赖。公元 895 年，钱镠受唐昭宗之命，带兵讨伐在越州僭越自立的董昌。平定"董昌之乱"后，钱镠在府山见董昌州衙布置得奢侈豪华，宛若宫殿，气得一把火将其烧毁。而后，又把位于绍兴东街口附近的董氏宅第，改建为一座开元寺，以安慰越州百姓。于是，大善禅寺，这香火与烟火一墙之隔的伽蓝之地，这一寺一塔交相辉映的会稽殊景，在风风雨雨中，延续着属于自己的历史。

四

清朝道光十七年（1837），彼时，大善寺主持师父为卍生和尚。曾有寺里的僧徒问卍生师父："何为卍？"答："卍乃佛祖心印，涵吉祥、妙善、和睦永恒、世俗无灭之义。"僧点头称是，当下领悟。只是对于来寺里烧香拜佛的老百姓来说，大多不去深究和尚师父的僧名，而且好多香客本就不识字，所以老老少少都称呼他为"万（谐音）生师父"。

这一年正月刚过，卍生师父看着日渐陈旧的大殿，以及外墙斑驳的塔身，萌生了修复大善塔禅院的念头。他召集寺中的几位老和尚，一起商榷修缮之事。复修浮图与殿宇本是积大功德之事，大家一致赞同。

于是，师父们便着手四处化缘，募集善款。一些家境殷实而热心的香客闻讯后，不仅第一时间予以捐资，还自告奋勇组织邻里乡亲来禅院认筹善款。一时间，前来大善禅院捐款的香客，每日络绎不绝，寺内香火较平日更为旺盛。尚未足月，卍生师父募集修缮款项的账本上，已密密麻麻誊满了香客的名字及其善款数额。

初夏来临时，大善塔与寺院已修缮完工。看着面貌焕然一新的大善禅院，卍生师父与一众僧人自是欢喜不已。

某日，一个名叫沈复粲的书生偕同家人，前来大善寺做佛事。

话说这沈生是山阴东浦人，有山居取名"鸣野山房"，自诩"鸣野山房主人"。他早年因家境极其贫寒而无力参加科考，但他却嗜书如命，躲在乡下书房，热衷于考证编辑乡邦文献。历年下来，他在山居书房内，积攒了将近4万册藏书，其中不乏罕秘之本。四方乡邻都尊称他为"沈先生"。沈先生平时常来大善寺，跟卍生师父相熟。佛事完毕后，一家人就留在禅院吃素斋。饭后，卍生师父留沈先生在寺院喝茶。茶过两盏，卍生师父起身对沈先生说："眼下殿宇与佛塔均已修缮完毕，老衲以为寺不可无志，先生博览群书、辑书甚多，所以想委托先生为本寺编纂志文。"说完，卍生师父起身合掌施礼。沈先生闻言也忙起身拱手道："在下才疏学浅，承蒙上人抬爱，小生理当尽力而为。"

临走前，卍生师父从厢房的书箧里，取出一个用蓝印花布包扎的包裹，打开，里面用红丝线扎着一卷玉扣纸。他把这卷玉扣纸交到沈先生手上，说："这是我收集的有关大善禅寺的文字，交给先生了！"

一个月后，沈先生带着他编撰完毕的志书，再次来到大善寺，面呈上人。卍生师父接过这本志书，翻开页面，卷首上写着："卍生和尚，大善寺主僧也，修浮图已复修殿宇。以其寺不可无志，适余亲诣寺作佛事，和尚以志稿见委，为书所见于左。时道光丁酉初夏，沈复粲记。"待卍生师父坐下仔细翻阅，但见卷中四十三之前是半页八行二十三字，左右双边，线黑口，单黑鱼尾，版心下镌有"鸣野山房钞本"字样；卷四十三之后共十二页，半页十行二十二字，左右双边，上下黑口，版心无鱼尾，版心下同样镌有"鸣野山房钞存"字样。均带有夹板装具，装订十分考究。卍生师父心下甚喜，自是万般道谢，又留沈生在寺院一同用斋、品茶，后事暂且按下不表。

对于沈复粲来说，这本《大善寺志稿》，为他生平辑书事迹又添一笔浓彩。而关于沈复粲的介绍，1984年由文物出版社出版的《四部总录艺术编》一书中，曾这样记载："嗜金石，喜博览，著书甚多。有鸣野山房汇刻帖目，于书、画、法帖之检阅，非常便利。又有熙朝书家姓纂，为李放纂清书史时所未见。"

<h2 style="text-align:center">五</h2>

公元1129年，为南宋建炎三年。这一年的农历四月，为了躲避金兵追捕的宋高祖赵构，带着他的小朝廷，驻跸越州。越州府衙的官员们事先接到圣旨后，经商议决定，让出府址，权作皇帝临时行宫，府衙迁移到大善寺，作临时办公处。次年，赵构再次驻跸越州。

1131年正月，宋高祖乃取"绍万世之宏休，兴百王之丕绪"之意，改元号"绍兴"，当年十月，又升越州为绍兴府。赵构在绍兴住了一年零九个月后，于绍兴二年正月返回临安，宣布正式建都，把他在绍的行宫复赐给了守臣。绍兴府衙才搬出大善寺，回到卧龙山东麓。但此后大善寺内仍有驿丞署。另外，寺内的一部分僧房，用作绍兴府接待从临安来的皇眷使臣，还有赴宋六陵攒宫祭扫皇陵的官吏。如此，前前后后整整有三十年时间。

星移斗转，到了南宋庆元三年（1197），这一年的十一月，大善寺遭遇了一场无妄之灾。江南冬月，天寒地冻，半夜里，寺内值夜的小和尚犯困，不慎倾倒没有及时熄灭的大殿烛火，却没有及时发觉，顾自去后殿睡觉了。顷刻，燃起大火。此时正值子夜时分，僧人们都在睡梦中，等到天亮，寺院大部分殿宇以及佛塔皆化为灰烬，只剩下罗汉、天王堂、浴院、经院、库堂等后殿建筑。

此后，寺内僧人们伙同一些帮工，在整理被焚塔基，寻找塔内所供奉舍利时，挖掘出了一块石刻，拭却泥土后，只见上面刻有"越州龙兴寺"字样，还有一些龙兴寺相关介绍。只可惜石刻中间有多处断裂豁口，有些字迹已不能悉数辨读。僧人大致了解到，龙兴寺曾于刘宋泰始元年建造，三百八十余年后，于唐大中元年在寺旁建塔，只可惜到了大宋淳化三年，同样也是十一月，同样也是寺内失火，造成塔寺俱焚。相隔十年之后，于景德元年重建龙兴塔寺。看到石刻上的这些文字，挖掘现场有人说，龙兴寺旁边便是龙兴桥，龙兴寺也许就是当时衙门的公署。一旁的大和尚沉吟半晌说，早先大善寺老主持在世时，他曾提起，当年龙兴塔被大火所毁，后人把塔中佛骨和其他一些舍利移葬在大善塔内。估计这事十有八九是真的。众人听了，唏嘘不已。

大善寺遭遇南宋庆元三年的这场大火之后，颓圮了整整 206 年，一直到明朝永乐元年，寺里的僧人们在一些热心的居士支持下，发起了重修塔寺的募捐活动。这一年，大善寺再次焕然一新，而大善塔重又伫立在寺旁，守护着这一方古城。

六

明朝万历年间，在大善禅寺前，有座庭园，名"王公书舍"。因庭院中粉墙黛瓦，凉亭书屋，小桥流水，秀竹偏隅，颇具绍兴园林建筑特色，被收录于《越中园亭记》。它的主人是山阴县人，名王泮，字积斋，乡人称王公，一直在广东做地方官。这庭院，原为王泮祖居，直到他在任上为官多年后，积累了一些官俸银两，遂将祖居改造。每次回家乡，他必定会逗留于此，或邀亲朋好友品茗小聚，讲讲他在广东所见所闻；或与文友挥毫泼墨，以尽往日思乡之苦。出门没几步便是大善寺，王泮得空也会进寺去会见上人，听师父参禅论道一番。

王泮是进士出身，万历八年（1580）时出任肇庆知府，四年后升任广东蔡司副使，但人还在肇庆。万历十五年（1587）他升任湖广右参政离肇，后来官至广东左布政使。除了仕途颇顺，王泮还被称为是利玛窦等西僧的开门人和保护人。

万历十年（1582），利玛窦被派往中国传教。来中国后，他先学习汉语，而后日常穿着中国的士大夫服，对儒学经典精心研读，做"中国人中间的中国人"，以中文编辑了一套天主教神学和礼仪术语，用汉语传播天主教。"他在自己身上把司与学者、天主教徒与东方学家、意大利人与中国人的身份，令人惊叹地融合在一起。"后人曾如此评价利玛窦。

从公元 1582 年开始来华传教，到 1610 年在北京去世，他在华传教整整二十八年，这其中与王泮的力挺是分不开的。当年，肇庆是利玛窦来华传教中的第二站，此前澳门是首站。而作为允许他们进入内地的肇庆知府王泮，自然是利玛窦到广东肇庆后需要拜访的首要官员。为了表达谢意，他们给王泮带去了许多意大利礼物，但王泮拒绝了所有礼物，唯独对教堂里所用的自鸣钟产生兴趣，觉得它跟中国传统钟表的外表不同，希望能够制作一座同样的自鸣钟。王泮就从澳门请来制作钟表的外国工匠，然后联合中国工匠，一起完成了自鸣钟的制作。此外，他还因王泮所求，绘制了一幅世界地图，谓之为《坤舆万国全图》。后来，该地图还载入《明史》。正因为利玛窦等的到来与游说，使得王泮的世界观得以开阔，对世界的全貌有了新的认识，也使王泮的父亲成为第一个接受天主教洗礼的绍兴人。

早前，在山阴坊间，还流传着有关王泮科举登第的传说。相传，明朝年间，年少的王泮与家人一起，居住在大善寺前祖居。某日，王泮伯父抱着自家幼儿在祖居门口玩耍，恰巧王泮父亲也在场闲聊。小儿不慎丢失手上一只银镯，王泮伯父就怀疑是其弟所拾。王泮父亲深感冤屈，就扯着其兄来到大善寺殿中佛像前发誓没有偷藏银镯。愤然之下，王泮父亲拿起殿中案几上经书，摔在地上践踏。此事王泮尚不知情。

某天清晨，王泮在城外，听到两白头老翁在议论说，这大善寺前的王家之子王泮本早就榜上有名，只因其父亵污《金刚经》，伤及阴德，所以被削去名籍。

王泮听后，回家向父亲询问，果真有其事。王泮便在大善寺佛前忏悔，并在殿内手抄《金刚经》一部。之后王泮中了乡试，便接着抄第二遍。还未写完，就被外放任官。接着，他继续抄写，完成第二部《金刚经》。后来，王泮终于考取进士。赴嘉庆上任知府启程前，王泮再次到大善寺佛前烧香还愿。

这个曾与大善寺有关、当地老百姓津津乐道的民间故事，虽然有着很大程度的虚构成分，但也给后人留下人类须敬畏天地，以及有志者事竟成的训教。

七

公元 840—846 年，唐武宗李炎在位期间，推行一系列"灭佛"政策，使得全国如火如荼的佛教受到严重打击，史称"武宗灭佛"或"会昌法难"。究其因，皆为财富引来的"灭顶之灾"。一方面，"安史之乱"起，许多老百姓为了逃避重税兵，躲到寺庙剃度为僧；另一方面，唐朝中晚期，佛教兴盛，许多官僚富豪纷纷捐钱捐田，以表虔诚。长此以往，寺院土地日益扩大，而僧尼人数越来越多。在全国进行大规模的"灭佛"行动，既可缴获田地银两，又可让庞大的僧侣队伍回归土地，耕种交税。如此，朝廷一举两得。据《旧唐书·武宗纪》记载，会昌五年，即公元 845 年，道教粉丝武宗皇帝下诏废天下寺院，于是，全国"拆寺四千六百余所，还俗僧尼二十六万五百人"，

"灭佛"行动达到高潮。正当大善寺也将难逃幸免之时，一则传言如真似幻般在越州民间迅速传播，说是有人看见观音大士在皇宫内现真身，直言大善塔为行善积德、创造福祉之地，不可以毁灭。这传言也传到了皇帝耳朵里，有所顾忌之下，武宗传旨保留大善寺，同时在寺里留下五位僧人守护。大善寺因此逃过一劫。

次年，公元846年，唐宣宗即位，改年号为大中。这宣宗武宗有所不同，他乃信佛之人，在他坐稳江山之年，即大中五年（851），宣宗下诏，允许郡县士庶建寺庙和度僧尼，对佛教的发展实施一定限制和管理，这些规定包括：限制寺院的修建数量和规模、出资人的规定、僧尼的管理、游方僧尼的管理等。这些规定体现了既允许佛教存在与适度发展，同时又对其发展规模与速度作出适当限制的基本精神。很明显，宣宗是希望在全国范围内，通过推动佛教的复兴和发展，来加强社会稳定和文化传承，同时也反映了他对佛教的重视和扶持。于是，大善寺重又聚集了许多僧人，并在寺中大兴土木，扩建寺舍，直至公元930年的唐宝正五年，寺内僧人的房舍已达七十一间。之前很长时间，塔基以水为界的大善塔，其周围各有二百八十多米的区域，但一直为外界所占用。大善寺主持和尚就此事向朝廷诉讼，胜诉之后，这些周边区域重新归还给寺院，再后来逐渐为老百姓所用。

大善寺在会稽山石旗村附近曾有百余亩的山地，用作洗浴设施，当时称为洗浴山，是供当地老百姓在日常重大节日和庆典活动中沐浴所用，以示洁净和对神灵的恭敬。

八

清朝雍正年间。某日，大善寺来了位名叫傅王露的香客。寺主竹坞上人闻讯后，亲自到山门迎候。

这位傅王露是会稽人士。当地坊间传说，傅王露幼年时就比一般孩子聪慧和灵敏。有一次他爬到大善塔塔顶，不慎栏杆折断而坠落，竟然大难不死、毫发无伤，周围人都说这孩子是被老天护佑的有福之人。康熙五十四年（1751），他参加殿试时高中探花，被授翰林院编修。为官期间，傅王露曾出任《浙江通志》总纂，后又充任会试同考官，历任皇子侍从官，及充武英殿纂修官。

彼时，他告假回乡已有一段时间，期间，还专门建造了一个"信天书屋"，自诩为"信天翁"，隐居乡里，过着以著书、绘画、书法为娱的生活。

这会儿，傅王露在大殿礼佛完毕，上人引领至茶室小坐茶聊。其间，上人向傅王露讲了大善寺肇兴夫人的故事，并说是以前老禅师冰雪翁讲给他们听的。上人说，之前，肇兴夫人的塑像是粉饰的，但后来有人多事，将肇兴夫人粉饰的塑像涂了一层金箔，很多香客见了都说不像夫人原貌了，所以最近刚刚把塑像还原粉饰。末了，上人对傅王露说，借着东风，我们准备为夫人立个石碑，所以想恳请傅大人写碑记。听罢故事的傅王露当即表示，自己愿意效劳。

数日后，一篇洋洋洒洒的《大善寺肇兴夫人碑记》出现在上人手上，碑记后还有一段铭文。就着大殿廊前的阳光，上人逐字逐句地读了起来：

> 天降神，诞生淑媛，如珠之润，既贞且坚。
> 乃有其德，勿获其年，罄其所有，以资福田。
> 须臾平地，宝阁参天，岂曰人功，神实相焉。
> 至今庙貌，俨如生前，有祷辄应，孰敢不虔?
> 我作铭文，亦何足传，此石可坏，此功勿迁。

这份由傅王露撰写的《大善寺肇兴夫人碑记》，后来编写在乾隆年间的《绍兴府志》内。

九

清代时，会稽县有不少满腹文才武略，但因各种原因未能通过科考的文人、才子，皆由举荐而去各地官衙当幕僚。陈荣杰便是其中之一。

这位陈荣杰出身官宦之家，生于康熙二十八年（1689），知识渊博，才高八斗。少年时，父亲接到任职书赴云南当官，他便随同离开家乡，后迁居湖南祁阳时考中秀才，但之后未能中举。乾隆年间，经他父亲曾经的同僚推荐，陈荣杰到湖北府衙做了幕僚。

有一年秋季，陈荣杰回老家会稽探亲。登上会稽山，暖阳下，他摸了一把自己已不再乌黑的须发，对着红得热烈的枫叶，不禁吟诵起同乡贺知章的诗句："少小离家老大回，乡音无改鬓毛衰。"

陈荣杰回到会稽城，去了儿时常去的大善寺。夕阳下，历经沧桑的大善塔虽曾屡毁屡建，但此时在陈荣杰的眼里，依然是旧时模样，默然伫立着，静守在古城的岁月里。

在大善寺内，陈荣杰看到殿内一侧墙上有一幅巨大的十八罗汉壁画，不由得驻足观望，逐一欣赏形态各异的十八罗汉。

午间，他跟寺主嵩山上人一起素斋后，上人央求陈荣杰为大善寺留点笔墨。陈荣杰想到刚才的罗汉壁画，稍作酝酿后，便回到大殿，用小楷笔即兴书写了一首《题大善寺壁画十八罗汉图呈嵩山上人》。诗曰：

混沌槌碎天地坼，万象无声走霹雳。
修罗遁逃魑魅匿，罗汉尊者行空壁。
一人先驱冷御风，赤脚怒目乘毒龙。
一人跨虎双拳空，衲裟压肩猩猩红。
复有三人貌突兀，赤髯绿眼具铁骨。
精神凌烁气窣勃，倒翻沧海坐飘忽。
中间六人立乱云，长袖宽衲飘衣裙。
左提右挈何欢欣，笑语呫呫如欲闻。
最后七人苍岩底，俯仰磅礴秋风里。
庞眉皓齿发垂耳，森见眉间白毫起。
手持锦帙参玄旨，钵底蜿蜒欲行水。
满壁光怪真陆离，天王渡海心惊疑。
虎头从来称妙手，陈生相顾曰否否。

嵩山上人古未有，罗汉何妨图十九。

嵩山上人收下诗稿，自是欢喜不已，遂挽留陈荣杰留宿在大善寺。当晚，禅房内的陈荣杰推开木格子窗，抬头，只见一弯弦月时隐时现，出没在灰白色的天幕。面前塔影深沉，夜色阑珊中，风不时吹打窗外的竹叶，发出一阵紧似一阵的沙沙声。寂月如钩，天凉好个秋！陈荣杰深吸一口气，而后徐徐吐出。吐纳间，他似乎感觉有一股清流漫过心头，又向周身缓缓流动。一夜安睡。早晨起床后，陈荣杰一时诗兴澎湃，顾不得去香积厨用早膳，伏案提笔，写下一首《宿大善寺》：

览尽湖山胜，来栖丈室中。
夜禅云殿冷，秋梦竹楼空。
塔影回残月，钟声落远风。
五更林雨过，心迹老僧同。

这首诗，后来收录在陈荣杰的《慕陵诗稿》中。

十

清朝乾隆年间，接到委任富阳训导通知书的范廷绪，不由得喜形于色。要知道，会稽城的范氏家族世代相传儒业，考取功名、光宗耀祖更是范氏儿孙的奋斗目标。范廷绪记得自己远赴山东济南，参加三年一次的乡试时，正是秋高气爽之际。

半个月后，范廷绪刚回到家没几日，就收到自己高中桂榜的好消息。范家因此在台门口足足放了三天鞭炮。

此次上任前，范廷绪听从老母亲教诲，前往大善寺还愿。

寺里的老师父陪同他在大殿上点香烛、供水果，听着一众僧人们做早课的诵经声，跪在蒲团上闭目合掌的范廷绪暗自在心里对自己说，一定得努力做一个为百姓爱戴的好清官。之后在任上，他果不食言。为官期间，他广施仁政，减少纳税，政绩斐然，这是后话。

范廷绪在大雄宝殿前的香炉里烧了许多纸钱后，临了，又拿出准备好的香油钱交给老师父。一众僧人自是道谢不已。

佛事完毕后，范廷绪退出大殿，由老师父陪同，在寺内四下游览。眼下已是暮春时节，伫立的大善塔被阳光笼罩着，沧桑间刻满岁月古老的痕迹。有那么一刹那，晃神的范廷绪仿佛看到儿时的自己出现在塔顶，那小小的身影如同一只灵巧的灰鹊。

在偏殿的长走廊上，范廷绪看到一大幅白梅壁画，栩栩如生。老师父告诉他，这是康熙年山阴人俞廉三的孙女画的，至今已有百来年。提到俞廉三的名字，范廷绪不免肃然起敬。那是范父向儿孙们经常提及的说教典范。俞廉三是山阴人，祖上世代当师爷，其家族在当地享有盛名。而俞廉三本人16岁起就在山西幕府参与军机事务，屡建功绩，官至湖南巡抚，并兼任湖南学正。

此时，范廷绪眼前的梅枝虽历经百年，仍仙姿绰约、冰清玉洁，犹如神物般令人赞叹。想不到当年俞氏一门，连女孙也这般出类拔萃，范廷绪不禁啧啧称道。

当日回家后，范廷绪静坐书房，一首名为《题大善寺俞不同先生女孙画梅》的诗作完成——

> 此梅画来经百年，今还僧舍昔市廛。
> 从来神物有守护，沉沉暗壁能独全。
> 壁高丈八阔称之，发榦斗大瘦又研。
> 穿云卧水恣烂漫，镂冰截玉真苍坚。
> 孙枝直上八九尺，森如石笋摩青天。
> 扫除一切偃蹇态，风露洗出罗浮仙。
> 想其闭关泼淡墨，罗衣翠带同翩跹。
> 镜湖春色八百里，一时收入心目前。
> 柔情健笔追所见，香魂赴腕仍孤骞。
> 粲然一笑拂袂去，从此峻壁留婵娟。
> 我来访古已春晚，狂喜老树开正圆。
> 何当抛却人世事，此间坐卧闲习禅。

十一

清朝年间，绍兴城内西小路周家，有个远近闻名的才子，名周师濂。他生于乾隆三十年（1765），于道光十七年（1837）过世，活了七十几岁，也算是当时文人圈里的长寿者了。周师濂自幼聪明伶俐，勤奋好学，而且颇有艺术天分，在诗歌、绘画、书法等领域均有造诣，尤其在绘画方面，他的墨竹图名噪一时，被人推崇。在嘉庆六年（1801）时，三十六岁的周师濂，还被作为全省选拔出来的文行兼优的生员，贡入京师国子监。要知道，这个选拔每十二年才进行一次，非常难得。

从京城回乡后，周师濂更是一门心思沉浸在绘画与诗歌创作中，常常把自己关在书房内，闭门谢客。

周师濂是个竹痴。他给自己取笔名为"竹生"，写了不少与竹有关的诗篇。平日里，他不但画竹、吟竹，而且还钤竹印成癖。这一日，家里一位远在平水乡下的表亲，从山里给他拖来一根湘妃竹，这下可把周师濂乐坏了。因为湘妃竹密度高、皮质细腻，适合在上面进行书画雕刻。前些日子，他去大善寺与老主持茶聊时，曾答应老师父雕刻一件竹子作品相赠。这不，材料来了。

于是，周师濂当即取出专用"家什"，在院子里熟练地将竹子清理、切割好，而后，取了半截中间有节的竹子，经刮皮、打磨后，用刻刀小心翼翼地先在竹节的上半部分，一个字一个字地刻起了诗句。这是周师濂上次去了大善寺回来后创作的新诗。前几日，他还乘兴邀约了泊鸥吟社的童震等诗友一起，登上大善塔，临风吟诵各自新近的诗作。

隔日，静坐书房的周师濂刻完诗句后，又在竹节下方画了梅枝的轮廓，接着，他沉下心来沿着轮廓细细雕刻。黄昏时分，夕阳透过花格子窗，将斑驳的光影投射在书桌上，投射在周师濂手中已然完工的竹刻上。兴奋不已的竹生先生起身，掸去绸衫上的竹屑，手持竹刻，兀自吟诵起来——

不知城市热，别有此禅林。

弥勒山门笑，桫椤石井阴。

　　　古墙梅画雪，斜日塔流金。

　　　随意蒲团坐，凉风生一襟。

　　写完这第十一个故事的那天傍晚，文心跑去城市广场。只见夕阳余晖洒在层层大善塔上，洒在塔后背景似的天空，宛如一幅绚烂、安详的天然画作，散发出天地间的能量，治愈着浮躁的凡人心。

　　"那日，古墙梅画雪，斜日塔流金。"塔下的文心喃喃轻诵着。

西鲁往事

西鲁是我的根，也是我的梦。

据史料记载，王莽新朝年间，鲁姓有一两个家族在朝廷做高官。其中一支迁至关中，成为鲁姓第一大郡望扶风郡，被称为"扶风鲁"。"扶风"，乃"扶助京师，以行风化"之意。至东汉中期以后，扶风郡又迁徙到河南新蔡一带，并以新蔡为中心，向安徽、江苏逐渐迁徙。三国归晋后，其中一部分散居于江南各处。

在江南水乡绍兴皋埠镇，就曾有一个村落，生活着"扶风鲁"的后裔，叫"西鲁"。

我跟着舅舅鲁绍成、表哥鲁国民，再次来到桥头饭店的河沿口时，皋埠老桥宛如一位沉默的长者，端坐在冬日午后热辣辣的暖阳里，与新建的银皋埠大桥遥遥相望。自从西鲁村整村拆迁，大姨一家搬到迎春社区后，若哪天动了怀旧之念，我便会立马转动车辘辘，与舅舅和哥哥们相约桥头饭店。

据说近日太阳风掠过地球，磁暴活跃，所以气温一下子飙升到 29℃。于是乎地表人类脆弱的小心脏，不由自主地加倍纠结于地心。此时暴露在日头下的老桥上，来往的行人稀稀拉拉没几个。

听到划楫劈水的声音，抬头，只见一艘小船正穿过桥洞，沿着宽阔的河面悠悠驶去。船过处，留下一道长长的波纹，又渐渐扩散成涟漪，在水面上轻轻荡漾。我的心也跟着荡漾起来。

放眼望去，我引以为傲的外婆娘家西鲁村，我魂牵梦绕的鲁氏三进祖屋，恍惚间又浮现在市大湖对岸，而一大片林立的厂房渐渐隐去。我仿佛又回到童年的暑假，皋埠的哥摇着小划船来接小妹了。

我抱着一叠心爱的儿童画报，从古城下大路家门口的河埠头落船，沿着水路，随哥哥摇啊摇，一直把小船摇到宽宽的市大湖。

河水好清啊，能照见天上的云朵和飞过的小鸟。我好几次把小手伸到水里，凉丝丝的。我开心地仰起小脸，冲着划着双桨、满脸是汗的哥哥笑。

看到长长的皋埠大桥了，我知道，外婆的西鲁老家快到了。虽然，除了几张照片，我从未见过外婆。

听母亲说，外婆英年早逝。但外婆一直是我心里的楷模。

外婆，你是我未曾谋面过的亲人，然而，对你的敬仰之根，却深深植入心窝，在日子里发芽、抽枝、葳蕤成树。

一张照片是学生时代的你，留着齐耳短发，穿一件立领大襟短上衣，下着玄色长裙，典型的民国时期女学生模样。照片上的青春，恬静而稚气。"盈盈素靥，临风无限清幽。"清纯的脸庞，让人不由想起柳永诗下，那一朵芬芳而洁白的茉莉。另一张照片是任职小学教员的你。此时的你，已荡然无存少女时的青涩。望去清秀而成熟，神色沉稳而坚定。紧抿的嘴角，悄然透出一抹倔强。

想来，我母亲乃至我与孩儿，烙在骨子里的那份倔强，不正源自你的血脉呀！

在散文《且予情思寄茉莉》中，我把未曾谋面、却刻入心扉的外婆比喻为一朵芳香四溢的茉莉，并将内心的追思寄托在笔端的文字里。

从小我就知道，大姨一家住在西鲁。大姨一出生，外婆就把她抱回娘家了。当时，正值外婆在绍兴城里茆山小学教书，所以把女儿取名为茆。既当校长又兼教员的外婆，实在没有时间来照顾孩子，大姨便一直在西鲁长大，连结婚生孩子也没有离开过她的外婆家。

在我心底，关于皋埠，除了是外婆的老家，还保留着我童年的一方自在天空。

那时候，一到春节，我就随父亲母亲坐小火车来皋埠西鲁。下车，横穿过104国道，就是皋埠老街了。然后，过老街，过皋埠大桥，过船码头，再沿着塘路一直走到底，就是西鲁村。大姨有一手好厨艺，亲戚们聚在大姨家吃吃喝喝，是正月里最为开心的事。

而每个暑假，我几乎都会来西鲁住些日子。除了哥哥们会带我在村里到处逛，当过皋埠乡乡长的大姨夫也会陪我坐在祖屋天井里，讲一些西鲁的陈年旧事。

鲁氏家族祖先来自河南扶风郡望族，子孙世代为官，扶助朝廷。宋年间，外婆祖上是小康王赵构的老师，康王尊称他为太师。后金兵进犯，为避战祸，太师跟着南宋朝廷一路南迁扬州、建康、杭州、越州。期间，小康王对山清水秀的越州颇为青睐。公元 1131 年，宋高祖赵构取"绍奕世之宏休，兴百年之丕绪"之意，改年号为绍兴，升越州为绍兴府，又于 7 年后正式定都杭州，增建礼制坛庙。太师一直陪伴皇帝左右。

为奖励自己的老师，宋高祖把离绍兴县城约十华里，当时浙东运河重要的航运通道，号称东鉴湖水系边上的一块地赐给了太师，同时还赐与一盏亲笔题写"扶风氏"三字的灯笼，以嘉奖"扶风鲁"对朝廷的功绩。

从此，鲁氏家族就在这块风水宝地上繁衍生息，并将此地称之为"西鲁"。

这些事，对于我来说，早就耳熟能详。

此刻，连接着东径河的市大湖，在天空的倒映下，已呈现一片引人入胜的蔚蓝色水面。

隔河相望，虽然跟我记忆中的境况已面目全非，但提起村口，我还是清晰地记得，当年那儿有一个很大的晒谷场，边上，有一家小杂货店，好像是当时的供销社开的。晒谷场尽头是一座石板小桥，没有扶栏。那时，我每次上桥总有些胆怯，必须牵着哥的手，唯恐掉到河里。但若是坐哥的船来，到东径河潦底靠岸，跨上一条长长的大踏道，便是村里的石板路，不需要过没有扶栏的桥了。

老一辈西鲁人都知道我外婆娘家的祖屋俗称"朝南台门"。大门上编织着很细密的竹子，所以又叫"竹丝台门"。台门共有三进房子，第一、二进前面有个大天井，两边各有一个荷花缸。每年夏天，缸里便开满了粉嘟嘟的荷花。荷花开的时候，常会惹得左邻右舍的小孩偷偷溜进台门来摘荷花。这时候，太外婆就会拿着日日不离手的拐杖，去撵这些偷花"小贼"。

每到逢年过节，或是鲁家办红白喜事，抑或接待贵客，天井里便会挂起那盏"扶风氏"灯笼。台门旁边的一块道地，原是家里来客放轿子或马匹之处，后来变成菜园了。而"扶风氏"灯笼，则在"文革"时被造反派当成"四旧"给烧毁了。

原先隔一、二进有个厅，门楣上写着"留耕堂"的字匾，是祖上取耕读传家之意。厅正面墙上有副对联，上面写着"达士遵祖志，觉学绍先彦"，意思是说，明智达理之士，遵循继承先辈遗志，觉悟学习，做有德有才之人。所以外婆娘家人就是按这副对联排辈取名的，包括"学"字辈、"绍"字辈、"觉"字辈，等等。

沿着河畔，我与舅舅和哥边走边聊，围绕着鲁氏家族话题，似乎要将那些堆积在心底的西鲁往事，都一股脑儿倾倒在清洌的市大湖里。

市大湖没有建桥梁之时，从皋埠到西鲁是要坐埠船过去的。从皋埠老街东侧的埠船码头落船，渡过百来丈宽的市大湖，上南岸的码头。那码头是间平房，常有船夫和过路人在里面歇脚。里面还有个见方石池，积的"天落水"，是给需要的人解渴喝的。过码头，一条长长的"之"字形塘路通向西鲁村。

到 20 世纪 50 年代末，皋埠大桥建成后，去西鲁就再不需要渡船了。姨父当时身为皋埠乡乡长，也一同参加皋埠大桥的修建工程，并且跳入市大湖，潜水下去查看桥墩情况。后来他每次在小辈面前提起此事时，眼睛都还会发光。

沿塘路前行，一边是一望无际，随着季节不断变换色彩的农田和远处起伏的群山；一边是川流不息，清澈中见证皋埠农家烟火朝夕的市大湖。伴着田间蛙声一直往前走，左转五六十米，再右转，就是西鲁的祠堂了。

西鲁村不大，但坐落在村口的祠堂却是远近闻名的。远望祠堂，它的屋顶形状就像包公的帽子，而祠堂前左右两侧的石板桥，就如官帽两侧的平角头，即使站在门口，也给人一种庄严肃穆的感觉。但凡村里祭祀先祖、商议族内重要事项、操办族人红白喜事等，都会在祠堂进行。对于西鲁人来说，这个祠堂是至高无上的地方。除了本村人外，萧山、上虞、富盛、平水等地的鲁姓百姓，也会定期或不定期前来祠堂烧香礼拜"扶风鲁"祖先。

祠堂门前有一排尖尖的木栅栏，通道两边有雷马石炮、龙门闸和旗杆，还有两株大树，门口竖着下马石。祠堂有两扇厚厚的大门，门槛很高。祭祀时，门框上就会挂上一盏彩灯。据长辈们说，它是宋高祖御赐之物，见了这盏灯，文官下轿，武官下马。

深达五十多米的祠堂有两进。进门便是有粗大石柱子的前厅，那里供奉着鲁氏祖宗的牌位。过了两边有厢房的天井后，就是举行祭祀与重大活动的正厅。厅堂一侧墙上镶嵌着一块汉白玉题词牌，上面记录着西鲁的来历。相传这碑石每逢下雨天就会"流汗"，而四周墙壁却是干的，村人称它为奇石。

"文革"中后期，祠堂改作农村合作社储存稻谷种子的仓库，从此大门紧闭。那块有着历史记载的石碑，直到2002年整村开始拆除时，有人还看到它被胡乱扔在角落里，后不知所踪，那石碑也许被某个有心人收藏起来了。

从皋埠老桥踱回来，我们又坐回桥头饭店河沿口。老板娘新沏了一壶从平水娘家带回的珠茶。喝着醇厚甘甜的茶水，那些家谱里先祖的名字，接二连三地在我眼前跳出来，在阳光照射下的市大湖波光里闪动。

外婆鲁宪民的高祖鲁遵三有两个儿子，鲁祖圻和鲁登四。清朝年间，两兄弟均游幕福建。

鲁祖圻去福建前已在西鲁娶妻生子，儿子就是鲁宪民的爷爷鲁孝和。谁知鲁祖圻在福建娶了姨太太后，就再也没有把薪俸寄回西鲁。断了生活费的母子就靠鲁孝和的母亲出外赚取念佛钱度日。

逆境反而成了锤炼意志的熔炉，鲁孝和没有辜负母亲的教诲。即使在盛夏的酷暑夜，挑灯夜读的鲁孝和，也能想出避暑的绝招，把光着的双脚伸进盛满凉水的瓮里，又避免了蚊子叮咬的干扰。这段故事在竹丝台门上上下下人尽皆知。

"人若有志，万事可为。"我毫不怀疑这句话是外高祖鲁孝和最好的写照。

清朝末年，成才后的鲁孝和，先后在绍兴、湖州、衢州、台州、江苏等地的知府做折奏、钱谷师爷，而且写得一手好字。他在绍兴府做折奏师爷时，已积攒不少家产，光是在皋埠的田产已达二百多亩，在绍兴城里及皋埠也有房产多处。而父亲鲁祖圻则终身游幕，直到去世于福建任所。

至于外高祖鲁孝和的叔父，早年一直跟兄长在福建从事幕府事务的鲁登四，后成为福建布政司首席幕僚。布政司是负责一省之赋税的机构，鲁登四在其中任钱谷师爷。期间，还把大女儿鲁大姑嫁给古城保佑桥周家儿子周云门（后改名为周起魁）。西鲁家族的人都说大姑是旺夫命，自从大姑嫁过去后，周起魁从刑名师爷到知县，再升任海州直隶州知州，官至五品。后其孙周恩来又成为共和国的一代总理，受人民爱戴。

由于鲁孝和当时在江浙一带的幕僚圈有一定的知名度，所以亲戚中不少年轻后生就前来拜师学做师爷，这其中就包括鲁孝和堂妹鲁大姑的两个儿子，大儿子周贻赓和次子周贻能，周贻能就是周恩来的生父。当时师爷圈内有一条不成文的规矩，就是师父随带三年徒儿即满师，之后由其师父推荐任所，三年内所赚薪俸一半要交给师父，而且节头节尾需要带着礼品去孝敬师父。鲁孝和与堂妹的儿子即是甥舅，又是师徒，所以两家关系自是亲上加亲，关系密切。

我曾跟哥哥们笑言，排起辈分，我们的外婆跟总理是表兄妹，放在古代，俺兄妹几个可是名副其实的皇亲国戚也。当时，哥哥们听了，都作势要刮我的鼻子，说不害臊。我就溜到正在给小的们做芝麻团子的大姨身后，告状说哥哥们欺负我。这时候，人称荫姐姐的大姨便会哄着我说，一会儿不给他们吃团子。

想起大姨做的又甜又糯，咬一口满嘴生香的白糖芝麻团子，我使劲把顷刻滋生的口水咽了下去。然后提起茶壶，给舅舅和哥斟满茶水。

为往事干杯！三只碰撞在一起的玻璃杯，在挂着一溜酱肉、鳊鱼干的河沿口发出了清脆的回声。

一阵风吹过河面，西鲁故事随波起伏着。

清末年，鲁登四因为身体原因，从福建告老还乡回到西鲁，颐养天年。而鲁祖圻则终身游幕，直到去世于福建任所。鲁孝和便成了父亲在皋埠西鲁这一族的族长，他六十大寿之时，在西鲁唱了两台戏，前来祝寿的官船停满了市大湖两岸。

中国传统文化中所指的光宗耀祖、扬眉吐气，大概就是祖上鲁孝和他们这一类故事的定义吧。我坐在条凳上仰起脸，跟老舅与哥，也跟自己说这话时，几只雀从黑瓦上飞落下来，在我们跟前蹦跳了几下，又一起飞到旁边一株高高的红水杉树上去了。那上面，一颗颗小灯笼似的红色果子垂挂在枝梢，仿佛随时会被暖阳点燃一般。

我啄了口茶。现在，在我的脑海里，竹丝台门打开了，一个瘦小的、不苟言笑的老太太，危襟正坐在屋檐下，交叠在一起的手掌下，挂着一根已磨得发亮的暗褐色木拐杖。她就是我的太外婆，鲁孝和次子鲁仲瑜的夫人陶利亚，也就是我外婆的母亲。

太外婆在世时，在西鲁村很有威望，竹丝台门里的小孩见了都很怕她。她嫁到西鲁之前，和胞妹陶青君是挨着皋埠的陶堰镇上最富有的陶家两千金。不仅生得貌美如花，而且琴棋书画样样精通，是镇上远近闻名的一对才女。后来，陶青君嫁给了绍兴城有名的乡贤王子余作填房，陶利亚则嫁到皋埠西鲁，成为大师爷鲁孝和次子鲁仲瑜的夫人。再后来，鲁仲瑜又把大女儿鲁宪民，嫁给自己连襟王子余的次子王瑾甫为妻，而王子余又把女儿王逸鸣嫁给鲁仲瑜的三子鲁学平为妻。也就是说，陶家两姊妹结为了亲家，鲁仲瑜与王子余两连襟也结为了亲家。

我当时听母亲讲这个故事的时候，一串名字，一串关系，头都绕晕了，理了半天才整明白。我联想到了"金屋藏娇"的刘彻与陈阿娇、《红楼梦》里的宝哥哥与薛姐姐，等等。后来，我用两句话说给一众兄妹："旧时表亲联姻的典范""肥水不流外人田。"他们听了，都哑然失笑。

存在我脑子里，关于外婆的父亲鲁仲瑜的信息不多。只知道他曾是中国美院前身——杭州国立艺专的国文老师，与潘天寿是同事，后回绍，在稽山中学当国文老师。

"徐天许，在艺专期间得到国文老师鲁仲瑜的许多帮助。"这是我在百度上偶然看到一篇介绍著名国画家徐天许的文章时，摘录的一句话。但，这仅有的一句话，却让我重新仰视鲁仲瑜这个名字，而后感到后背生出一股热乎乎的能量。也许，这就是祖辈遗留给后人的滋养吧。

至于外太公的弟弟鲁觉侯，则是鲁孝和最小的儿子，早年毕业于浙江政法学校，还参加过同盟会。每当绍成舅舅说起他爷爷房间墙上挂着一把长长的剑时，我就会想象一幅"月夜剑舞图"：皎洁的月光下，一袭白衣男子，手持长剑，身姿灵动。银光飞舞处，流星转动，剑花四泻。于是，我就暗自羡慕着，这位小外太公太帅了。

为人谨小慎微、乐善好施，淡泊明志、风骨迥然，有着祖上的师爷风范，这是鲁觉侯留给西鲁家族人的印象。他从政法学校毕业后，先后在桐乡、余姚、鄞县、诸暨、萧山等地的政府部门工作过。抗战时期，占据绍兴城的日本人特意开着汽艇，来西鲁请他出任皋埠镇镇长，但被他一口回绝，之后便离乡躲避。在西鲁村，每到盛夏，他都会备足当时还很稀缺的十滴水、万金油之类的避暑药品，分发给村民，因而深受大家的尊敬与感激。

在西鲁村，还曾流传一则"总理寻访表兄"的故事。

1939 年春，时任中共中央军委副主席的周恩来，烽火下江南，视察浙江抗战形势。在回故乡绍兴期间，他了解到古城粮荒严重，在听姑父王子余讲起祖母娘家西鲁还有不少祖母的亲戚，而且表兄鲁觉侯在粮食部门工作时，不觉心中一动。周恩来回想小时候，他经常去西鲁祖母鲁大姑家，在村子里玩耍。即使三岁后去了江苏淮安，他还是常回西鲁，随祖母拜年走亲。后来去法国留学时，也是从西鲁出发的。所以，他对西鲁有着特殊的感情。

周恩来为了赶时间，在绍兴城里租了一条小汽艇，随身仅带一名卫兵，沿水路赶去离城十里的西鲁，意欲寻访表兄，商讨办粮之计。过市大湖，至东径河漤底靠岸，周恩来迈过河沿口大踏道台阶，匆匆进村。他走进竹丝台门，环顾阔别多年的祖母祖屋四周，不禁感慨说，旧居依然老样子，我还有印象。

不巧，此时表兄鲁觉侯已从绍兴调到省民食军需调配部门，后又随国民党政府机关由杭州迁至永康。于是，周恩来想方设法抽出时间，找到当时浙江省粮食委员会所在地——永康县城内隐蔽的徐氏宗祠。当他来到住在宗祠内的表兄家时，鲁觉侯因采办粮食，又出差到江西上饶去了。

数日后，周恩来因公来到江西上饶，再次打听表兄的行踪，不料鲁觉侯再次下乡办粮食去了。数次寻访表兄都未遇，令周恩来感到十分遗憾。

兵荒马乱的战争年代，两表兄弟最终也未能见上一面，直到解放后两人才接上了关系，从此经常保持联系。因为总理喜欢吃干菜蒸肉，鲁觉侯一直到去世前每年都会寄去干菜。

鲁觉侯的儿子鲁学海，从宁波三一学院毕业后，考上当时很难进的宁波邮政局，后奉命调往福建省邮政管理局会计处。几年后，又凭着出色的英语水平和财务能力，获得中华邮政总局上司的青睐，从 29 岁开始就担负起赴南方各省邮政管理局进行财务计核的重任。他年幼的儿子鲁绍成跟着母亲随父亲的工作，先后去过昆明、贵阳、南宁、广州等地，最后到了香港。新中国成立前一年，鲁学海遵从"叶落归根"的父命，带着全家从香港回到宁波邮政系统工作。

叶落归根，叶落归根。我咀嚼着这意味深长的四个字，内心像被大风刮过的市大湖，无法平静。

数日后，冬至日。老老少少一行人，手持酒盅，走上皋埠老桥。彼时，夕阳的余晖撒在市大湖上，整个水面染成了一片柔和的橙黄色。

他们朝着西鲁方向，一起举起酒盅，然后，把酒缓缓地倒入桥下市大湖，那流淌了千百年的浙东运河水中。

舌尖流芳

2022年12月7日，临近中午，我刚在厨房系上围裙准备炒菜，手机响了一下。打开一看，是悦父发来的一溜菜谱，他同时留言："这些绍兴菜的故事你知道吗？"

悦父其实姓张，名含贞，是"中国旅游文学"公众号的主编，也是我敬佩的一位老师。他早先也曾写诗、出诗集，后来投身省饭店业杂志编辑工作后，大量的会议与陀螺似的奔波，夺去了他许多写诗的时间，只在夜半编辑之余，偶尔写两句于工作札记中。好在他很热爱这份像风一样停不下来的工作，还给自己取了个"悦父"的网名，意为"快乐之父"。

这会儿，对于一向信奉"民以食为天"，且平日里喜欢下厨的我这"老绍兴"来说，这份菜谱里的每个菜都是最熟悉不过了的。

"这么有内涵的菜名啊！不错不错，是要我写文案吗？"我发了个笑脸。

"是滴。"悦父不无幽默地说。

"好，何时要？"我问。

"尽快。"他说。

接着，悦父给我发了一份以前的讲解员大赛菜品故事，让我参考。

"下午要去鲁幼排练，晚课回来我先写着试试。"我说。

"先上课吧。"他道。

晚课下回到家，我打开电脑，尝试着写了一个菜品故事发给悦父，并留言说："如果可以，明天继续。"

"可以。"悦父秒回。意料中，夜猫子照例还在工作。

两天后的深夜 12 点多，我把写好的 9 个菜谱故事打包交给了悦父。

"辛苦，辛苦！"凌晨 1 点多他回我说。那时，我已在梦里。

"不辛苦，就是瞌睡痛苦。"次日醒来后我跟着说了大实话。确实，这些文字都是在晚课后熬夜赶出来的。

到了晚上 7 点多，悦父又在微信上留言了："发给他们了，说写得很好。"他接着说，"任务又来了，看这里面再选几道菜写一写，就是与上次的凑成故事系列。"晚课结束，我看到了悦父留给我的一堆冷菜、热菜加点心的菜谱。

好吧，完成手头工作继续挤时间完工。我对近来忙于春晚节目排练与学期结束工作的自己说。

还没再次动笔，11 日中午悦父来催了："这两天里面可以弄好吗？他们来问了，我原想你可以慢慢写的。"

13 日凌晨快 2 点时，熬了两个大夜的我，终于把作业上交给了悦父大人。那一刻，如释重负感油然。

数日后，被流行病毒缠身的我，十分庆幸没有耽搁文案。一个月后，我带着母亲和妹妹去洱海边，疗愈病后尚未满血复活的身体。

年三十晚上，正在大理古城和家人吃年夜饭的我，收到了悦父发来备注"菜品故事润笔"的2000元红包。"哇，压岁钱啊，谢谢老师，好开心！"文案通过的消息，当下让我的心花跟着古城的烟花一起绽放着。尽管最后我没有收下这笔稿费。我想在那个特殊的季节，为我古老的小城做一件纯粹的事。

2月14号，刚给孩子们上完课，不经意间看到了闺蜜洁转发在手机上的文章《宋韵千年　舌尖流芳——越味宋韵·绍兴宴集》正式发布！

我这吃货立马坐在舞蹈房地板上，饶有兴致地读了起来。

"为贯彻落实省文化和旅游厅《关于纵深推进'诗画浙江·百县千碗'工程的指导意见》的文件精神，持续打响'百县千碗·绍兴佳肴'美食品牌，聚力探索地方美食文化赋能共同富裕，近日，市文广旅游局联合市饭店业行业协会精心研发了'趣味宋韵·绍兴宴集'，此宴集共分两大菜单体系：一是服务游客市民的推广菜单；二是服务接待商务菜单。"

……

"据了解，服务游客市民推广菜单包含白切鹅肉等12道冷菜，酱油三鲜等11道热菜，次坞打面等9道点心；商务接待菜单包括餐前小点凌霄迎宾 1 道，餐前甜品东浦甜碗 1 道，冷菜都昌三味 1 道，兰亭雅集、避塘春光等热菜八道以及餐后水果山会锦绣 1 道。"

哇塞，这不就是我年底写的文案中的菜肴吗？极力按捺住心跳，我继续往下读。

"千年流芳的宋韵，配合底蕴深厚的绍兴菜，每一道菜的背后都有着奇妙的故事，透露着古往今来绍兴人们的智慧。以味蕾之意，感受创意与传承，人们总能在美食里，找到属于这座城市的独特的味道。"

接着，我看到自己写的所有菜肴故事，一字不漏地出现在上面。此刻，我以一个读者的身份，一字一句地读着这些曾在冬月深夜，自己亲手写下的故事。

餐前小碟：凌霄迎宾

（茴香豆＋小京生＋巧果）

茴香豆是绍兴的特色地方小吃，当地人谓之"入肚暖胃"，越嚼越有味，常被视作下酒小食，在鲁迅名作《孔乙己》中可见一斑。

小京生花生是绍兴辖区新昌县独有的传统食物，明清时期属进贡珍品。在当地是节日婚庆必备之物，自食和待客，婚礼时染成红色，不煮熟，寓意"要生"贵子。

巧果是绍兴的传统面食点心。缘自旧时女孩在七夕夜晚祈求织女送巧，相赐灵巧手，因而七月七吃巧果成为当地民俗。

而凌霄花语有敬佩和慈爱之意。一道"凌霄迎宾"的餐前小点，寓意在美好的夜晚，对所到之客赋予敬意和祝福之情。

餐前甜品：东浦甜碗

（酒吞鸽蛋）

以怀拥鉴湖水、盛产优质糯米、拥有酿酒好技艺的东浦黄酒小镇，自古以酒乡而闻名四方。酒吞蛋一直是绍兴人待客与产妇月子里的传统营养点心。而鸽蛋更是蛋中之王，被誉为动物之人参。东浦黄酒与鸽蛋配置的甜点，特显营养价值。

冷菜：都昌三味

（马兰头＋糟毛豆＋酱萝卜＋灌香肠＋白切鹅＋对虾）

都昌坊口位于绍兴鲁迅故里的风景名胜新台门，原是大文豪鲁迅先生的故居所在地，是周氏多年聚族而居之所，为典型的绍兴台门式民居。糟毛豆、酱萝卜和灌香肠历来是绍兴民间土菜的代表，马兰头和白切鹅肉也是绍兴人饭桌上的传统菜肴。

近年来，绍兴的淡水工厂化对虾养殖基地不断发展，丰富了鱼米之乡的河鲜种类。一道都昌三味冷菜，在着力再现老绍兴风情与传统土菜的基础上，画龙点睛，将绍兴特色的传统菜肴与新生代河鲜融为一体，注入味蕾新概念，展示古城饮食的与时俱进。

热菜一：兰亭雅集

（三鲜盅）

越鸡炖汤、鉴湖鱼圆、土猪肉丸，再佐以山笋、河虾、火腿片等辅料的菜品，在南宋年间，由高宗亲赐菜名为"绍三鲜"。

集鲜于盅，另寓美意。相传，东晋永和九年三月初三，时任会稽内史的右军将军，大书法家王羲之，召集诸多名士与家族子弟，在会稽山阴兰亭，曲水流觞，赋词作诗，行修禊之俗，其中以王羲之的《兰亭集序》为代表作。唇齿留鲜处，咀嚼典故，意犹未尽。

热菜二：避塘春光

（鱼子酱虾线＋黑松露糟溜河虾仁）

狭狲湖河鲜熬制的鱼子酱虾线，牵引黑松露糟溜虾仁，栩栩如生地再现避塘古纤道春景。浙东运河主水道的这段堤塘，绵延六里，是往来船只躲避风浪的屏障。

唐元和年间，浙东观察使孟简，用青石板砌筑改造堤塘，不仅疏浚加固了河道，更使"白玉长堤路"成为水乡独特的风景线，"路缭长堤北，家居小城西""白玉长堤路，乌篷小画船"，古往今来，诸多文人墨客纷至沓来，于流连忘返中勃发诗兴，留下千古佳句。

热菜三：鉴湖歌谣

（牡丹花桂鱼＋培红菜步鱼）

鉴湖原名镜湖，相传因黄帝铸镜于此得名。东汉年间，会稽郡守马臻发动民工，总纳山阴会稽三十六源之水，把水灾泛滥的镜湖，修筑成为当时江南最大的综合水利枢纽之一，水清如镜，渔舟时见，昔日"荒芜之地"成为"鱼米之乡"。

古代有避讳的习俗，至北宋，因开国皇帝赵匡胤的父亲名赵敬，为避谐音，遂将镜湖改名为鉴湖。民间号称"八百里鉴湖"。用鉴湖里的桂鱼、步鱼，佐以乡间自制腌菜"培红菜"，再以国花"牡丹花"配色，制成一道鲜味浓郁，沉淀越地风情的"国色天香"，于香气氤氲中，犹闻渔舟唱晚，余音袅袅。

热菜四：和而不同

（臭干＋花雕干菜和牛＋笔杆茭白）

作为心学的发源地，绍兴是王阳明的故乡和归藏地，是绍兴引以为豪的古越之子。这道"和而不同"，乃取义于阳明心学中和而不同、多元和谐的精神。

高山茭白是绍兴特产，形比书圣王羲之的笔杆，栩栩如生，而臭豆腐干是绍兴民间休闲小吃。用绍兴黄酒和霉干菜烩异域和牛，再配以笔杆茭白与臭干，完美演绎"和而不同"。

热菜五：越台胆剑

（芦笋＋芝士焗蟹斗）

用芝士焗蟹斗，再佐以苦性凉的芦笋，红白绿间，一道色香味全的佳肴，形象地诠释着古越建城的传奇故事：2500年前，战败至吴国为奴的越王勾践，卧薪尝胆，以图复国。后返越，在若耶溪、日铸岭筑灶铸剑，于越王台重整旗鼓，忍辱负重20年，终成就春秋末年的霸业绝唱。

热菜六：蟹粉西施豆腐

（蟹黄粉＋西施豆腐）

美食故事：相传春秋末年，越国苎萝山下的苎萝西村有个施姓浣纱女孩，人称西施。姑娘不但貌美，而且有一手好厨艺。她磨了豆腐后，就用自晒的葛粉调制烹饪，做成润滑可口、味道鲜美的豆腐羹。村里的左邻右舍竞相模仿，一时，"西施豆腐"名扬四乡。西施的美名一传十、十传百，传到越大夫范蠡的耳朵里。之后，西施便作为范蠡兴越灭吴计划的棋子，献给吴王夫差。当地老百姓为纪念为国献身的西施，就用山粉做成的西施豆腐，作为大小宴席的第一道佳肴。此风俗流传迄今。

结合鱼米之乡河鲜丰富的特色，在西施豆腐的基础上，加入蟹黄粉，既递增鲜度与营养，又使菜色黄白分明，色香味俱全，使西施豆腐改良成为越乡的一道招牌名菜。

热菜七：干菜焖肉

（干菜＋五花肉）

美食故事：干菜俗名"霉干菜"，是绍兴地道的土特产。一直以来，绍兴居民家家户户都自制干菜。早前原料只采用芥菜，后来油菜、雪里蕻、白菜等也加入了晒干队伍。用干菜焖五花肉，含有菜干浓香的肉质肥而不腻，而干菜吸收了肉油后，也变得油润味美。

传说干菜焖肉这道菜由徐文长发明。集字、画、诗、文于一身的明代大才子徐渭，晚年生活潦倒不堪，常常遭饥寒交迫之苦。一次，一家肉铺开张邀请徐渭写店名，事毕，相送与一大块五花肉。已经多日不沾肉味的徐渭非常开心，但苦于身无分文，无钱买盐购酱。回家后，他想起瓦罐里还有干菜所剩，就悉数倒出来，放锅里与肉一起焖蒸。结果出锅时香气扑鼻，肉肥而不腻，酥而不烂，干菜也变得乌黑发亮，油润味甘，乐得徐渭把一间东倒西歪的老屋差点笑掀。

一道美味的"干菜扣肉"，从此端上了古城家家户户的餐桌。

热菜八：三山素珍

（田园时蔬：花菇 + 油焖圆笋 + 黄耳 + 小甜豆）

绍兴古城有塔山、龙山、蕺山，三山鼎足而立，且各山周围皆有安放高僧舍利的古塔，如城市广场上始建于南朝的大善塔，还有塔山之巅的应天塔、蕺山上的文笔塔，两塔均建于晋朝，犹如佛光笼罩小城。自东汉起，古城就有佛教活动，两晋南北朝时期，郡境所建名刹众多。

绍兴，不仅是小桥流水、江南人家所在，更是一座有着丰富佛教文化底蕴的古城，低调安宁，居民生活富足幸福。一碟"三山素珍"，用花菇、油焖笋营造山塔鼎峙的画面，再配以甜豆、黄耳作辅料，将三山护佑的小城之前世今生，在色彩丰富的红绿黄白间娓娓道来。

冷菜一：道墟羊肉

相传，当年清高宗乾隆皇帝下江南时，渡过钱塘江来到绍兴府，祭拜大禹陵。期间，皇帝偏爱吃当地的农家小吃，府衙太守便精心挑选了一些绍兴本地菜肴招待皇上。

其中，一道绍兴道墟民间三宝之一的"蒸羊肉"，色泽如同水晶、而且清香可口，让皇帝吃了龙颜大悦，不仅当席连声叫好，还把制作蒸羊肉的道墟厨师带回宫去，奉为御厨，专门制作此菜。

从此，这道采用道墟当地农家羊羔，用文火慢蒸后制成的"道墟羊肉"，作为江南名菜，享誉全国。如今，道墟羊肉制作技艺，还成为了绍兴非物质文化遗产。

冷菜二：越乡冻扎肉

酥而不烂、肥而不腻的冻扎肉，是绍兴传统的下酒菜。明朝嘉靖年间，绍兴府山阴县的田氏家祠，有每年在冬至祭祖后，值年者向族人分肉一斤的族规。

某年，因大旱欠收，值年者无力按族规办事，便用少量猪肉，切成小块，连皮带骨，用竹箬壳包裹，青稻草扎紧，烧煮后分给族人。起先大家见一斤肉变成了块肉，甚为不满，但等食用后，感觉其味极佳，加之年成如此，也就默认了。从此后，族人纷纷效仿。

因肉块上扎有竹箬与青稻草，称之为"扎肉"。当地人发现，扎肉在冬天冻过后，味道更甚。之后，就把扎肉做好后稍作冷冻，制成口味绝佳的"冻扎肉"，成为当地人逢年过节餐桌上的大菜。

冷菜三：酒香醉蟹

江南鱼米之乡绍兴，也是全国闻名的黄酒之乡。游客到此，若不品尝一回醉蟹，算不上领略了古城的风味。用黄酒泡制的醉蟹，置于餐盘，色如鲜蟹，栩栩如生，且味鲜肉嫩，酒香浓郁。当地人传说，醉蟹最早由在徽州府衙作幕僚的绍兴师爷所创。

当时，每到夏秋之季，淮河两岸蟹多为患，祸害庄稼，农家苦于驱赶无术。于是，绍兴师爷便向州官提议，鼓励老百姓捕捉螃蟹上交官府。师爷则准备好许多大缸和食盐，用黄酒加之调味品，醉制生蟹，三昼夜后即可食用。

这种个小肉肥、回味无穷的"淮蟹"，便是绍兴醉蟹的头代"祖宗"。"醉蟹咕老酒，神仙伢勿换"，成为越乡人民饮食生活的生动写照。

冷菜四：马兰头

马兰头是一种营养丰富，且有清热解毒、消食健胃、利尿利湿等药用价值的野菜，在江南的田园河畔、山野路边随处可见。用马兰头嫩叶清煮，佐以豆腐干末、笋末等，再滴入麻油，一碗清香可口的凉拌野蔬，是绍兴人偏爱的家常土菜。

民间传说，旧时，有一土郎中，于夜间收治一蛇伤急诊孩童，情急之下，抓几把餐桌上的马兰头，敷伤腿肿痛处，并嘱咐家属连日如法料治。不日后，愈之。20世纪60年代三年自然灾害中，这个小野菜更是作为半食半蔬，深深刻在了当地许多老百姓的记忆中。

南宋诗人陆游也曾借马兰头，把浓烈的思乡之情寄语诗中："离离幽草自成丛，过眼儿童采撷空。不知马兰入晨俎，何似燕麦摇春风？"

一碟马兰头，几多人间事。

冷菜五：台门酥鱼

相传清乾隆十六年（1751），乾隆皇帝第一次巡游江南，来到绍兴府。当时随驾而行的官员中有个上虞的官员，很想回家乡看看，就跟皇帝提议说，白马湖畔的酥鱼远近闻名，不妨去尝尝。话说这乾隆皇帝吃腻了皇宫御菜，自从来到绍兴，被当地的各色小吃、土菜迷得流连忘返，一听又有好吃的，立马起驾，直奔白马湖畔。

白马湖历来水质清澈，河鲜众多。这酥鱼原是渔民们把多余的新鲜鱼切成条块，用酱油调料稍作浸泡腌制后，用小火两次油炸，外色焦黄，鱼肉酥软，连骨头都酥脆可食。

在白马湖畔的驿亭，乾隆皇帝嚼着酥鱼连声称好，餐毕，还拿起笔墨，为店家亲笔题词"绍氏酥鱼"。由此，绍兴酥鱼名声大振。绍兴城里的众多台门小吃店，也纷纷竖起酥鱼招牌。一时间，"台门酥鱼"在街头巷尾旗帜飘摇，成为古城一道靓丽的风景线。

冷菜六：柯桥豆腐干

柯桥豆腐干产于越中柯桥，是绍兴传统特产之一。用黄豆经过十几道手工工序制作的豆腐干，其外观颜色酱红，内质玉白细嫩，韧而不硬，鲜香入味，富有营养。

相传明末年间，柯桥有位书生要去赶考秀才，家中贤惠的妻子便从水作坊买来一些普通豆腐干，用酱油和白糖及香料煮成有滋味的五香豆腐干，让丈夫带在路上充饥。受妻子关怀的书生顺利考取了秀才。

闻听此事的老蒋元兴水作坊掌柜受到启发，经过多次实验，终于研发了味道鲜美的豆腐干新品种，当地人俗称"素火腿"。柯桥豆腐干成了广受百姓喜欢的香饽饽，近年来还被列入绍兴非物质文化遗产名录，享誉全国。

点心一：次坞打面

次坞打面是越国故地、西施故里诸暨次坞镇的传统风味小吃，面条鲜而不涩，油而不腻，口感滑嫩。

有关次坞打面，还有两段传奇故事。

故事一：传说南宋小皇朝迁都杭州后，宫中有一面点师因闯祸而出逃，流落到次坞乡下。这种由北方面粉经打制而成的打面做法，就在次坞民间流传开来。

故事二：相传六百多年前，刚刚从鄱阳湖得胜而归的朱元璋，班师回应天府，途经次坞小镇，便在周边安营扎寨。当他带着几个随从进入小镇时，听到从一家紧闭门户的店铺里传出啪啪啪有节奏的敲打声，遂敲门相询。待店家移开排门，一行人只见店内一块长方形的木板上，一根磨得发亮的竹棍旁，有一块已和好的面团。

于是，朱元璋便来了兴致，吩咐店家马上下几碗面条。夫妻俩听了立马动手。只见店家用竹棍压打面团后，切成条状，而妻子则从坛子里挖出腌制的雪菜，再用猪油爆炒肉丝。不一会儿，一碗香气扑鼻的汤面便端了上来。朱元璋吃得是油光满面，很快就把一大碗面汤吃得碗底朝天，直呼有劲道，再来几碗！

自此，次坞打面便鹊声四起，美名远扬，而打面技艺也世代相传至今。

点心二：麻团

麻团是绍兴民间逢年过年招待客人的传统点心，寓意团团圆圆、甜甜蜜蜜。

此道点心，是用水磨糯米粉精制成圆子，待滚水中浮起，装入置有芝麻白糖的容器中滚动，使之均匀粘上芝麻白糖，食之口感甜糯香滑。

有关麻团的来历，当地传说：从前，有户贫穷人家没钱招待初次上门的新女婿，丈母娘便在厨房把剩米饭碾烂成小饭团，再把熟花生米和红糖末舂碎粘在饭团外，制成点心。这就是最初的麻团。

后来，人们就用上好的水磨粉替代了饭团，用芝麻白糖作辅料，点心麻团成为了绍兴人迎接贵客的一道传统美食。

点心三：老街印糕

印糕是绍兴辖区上虞的传统点心，也叫夹塘大糕。混合着糯米粉和白米粉，用竹叶垫底蒸出来的米糕，含有竹叶与糯米的清香，是当地人过端午的必备传统食物。

这道印糕点心至今已有百余年历史，民国年间，由上虞丰惠夹塘镇上的"义泰昌"南货店首创制作，赏之悦目，食之甜美，而且"糕"与"高"谐音，寓意步步高升、恭祝美好。

夹塘大糕还散发着浓郁的民俗气息。在当地，每逢端午节，已订婚的"毛脚女婿"必须挑上少则几十箱，多则上百箱的大糕，到丈人家去，称为"望端午"。丈人家则把这些大糕分送给左邻右舍、亲朋好友，表示家中"千金"已名花有主，同时也与大家分享喜悦。这个习俗一直沿袭至今。

由于订制大糕的店铺在夹塘老街上，所以大家又把夹塘大糕称之为"老街印糕"，让一份怀旧心在悠悠岁月中印记流逝的昨日。

"宋韵千年，舌尖流芳。一席越宴，便可品出绍兴百味。"读着故事后的结束语时，我悄悄拭去眼角的泪珠，再次强烈地感受到：被需要是一种莫大的幸福。

第二辑 路过世界

云彩不是球体，山岭不是锥体，海岸线不是圆周，树皮并不光滑，闪电更不是沿着直线传播的。

——伯努瓦·曼德布罗特（波兰）

滇西北印象录

早春二月。滇西北。随一干同游翻雪山、穿峡谷，沿江而行，走近世界上罕见的多民族、多语言、多种宗教并存的神秘之地——三江并流区域。仿佛穿行在时间隧道，我用心酿造的诗句，抑或春风里的呓语，都在彼时黯然失色而游离其间。

这一日，当我站在古堡似的松赞林寺高处，看一群自在的黑鸦在寺院屋顶来回飞落，心底有一片不曾消融的雪花，悄然飘舞起来。

一、玫瑰酿

正月初一，与家人到达大理古城时，夜已经灯影幢幢。向酒店前台询问附近觅食处，答曰：出门右拐，再前行 200 米，即是美食城。

刚入春的大理，夜晚的风虽还裹着几分寒意，但清新有余。近处、远处，不时有零散的烟花从屋顶后高高窜起，一朵抑或数朵，在夜空中迷人地绽放，恰似耀眼星光，四散开来，顷刻又在无声坠落中消失，恍如昙花一现。若无这应景的烟花，空旷的大街几乎没有什么年味。提起年味，于我，所有最浓烈的年味早已尘封在童年的时空，那儿，"分岁"祭祖的烛光里，跳动着一家人对新年美好的愿想：有母亲精心烹饪的满桌菜肴，那是平常日轻易吃不到的所有美味；有父亲母亲给的压岁红包，那是需要年三十晚上压在枕头下面的；有关门、开门炮仗声，把正月那几天炸得红红火火；还有初一早上崭新的小花袄、甜蜜蜜的豆沙汤圆；有去乡下走亲戚的热闹与雀跃……这些，只需一念，便一桩桩地跳出来，年味盎然。如此足矣。

脑子里还在七拐八弯，脚下已一溜烟至美食城。所谓"美食城"，其实就是一条吃食街。街旁，挨着一家家小酒店。此刻，一眼望过去，许多店家已经打烊关门，或许有的店春节里根本没有营业。看到一家名叫"洱厨"的店门口，三三两两还坐着好几桌食客，我们就进店找了张空桌落座，匆匆点了菌菇鸡煲及几个当地土菜，肚子早在那里咕咕叫了。

这时，进来一个黑黑瘦瘦的小伙子，戴着眼镜，个儿不高，一笑露出洁白的牙。他自我介绍是洱厨的店长，旅居大理的贵州人，叫他阿贵就是了。他给我推荐了一种玫瑰酿，就是用玫瑰酿的花酒，他说这是老板娘用自己种的玫瑰自己酿的，很好喝。被阿贵说得动了心，我虽然不会喝酒，但很想尝尝。

酒端上来了，装在一个青瓷瓶里，瓶身上画着一枝玫瑰。阿贵给我用小盅倒了一杯，红玫瑰色液体，在灯光下透着晶莹。我抿了一口，少顷，带着玫瑰香的回甘便缠绕在口腔内，而后似乎漫过鼻腔。这神奇的感觉让我情不自禁又接连抿了两口。

　　阿贵很健谈。我们一边吃饭，一边听他讲玫瑰酿的制作方法。他说，他是听老板娘讲的。首先，玫瑰花一定要新鲜，而且不能带露水，必须在上午 10 点后，等太阳把露水晒干后才能采摘。采回的花瓣不能用水洗，晾一下后，用老冰糖放在一起揉搓。之后加上一定量的矿泉水，放在密封的坛子里发酵 2—3 个月。发酵后，用过滤网把玫瑰渣过滤掉，玫瑰酿就成了。

　　这个大年初一的夜晚，很少沾酒的我因玫瑰酿而微醺。月色朦胧中，我痴痴地想，玫瑰们的使命，或许就是在人类的梦里梦外芬芳，而那些与尘尘土土关联的生命，原本都有纯香吧。欣欣然，吟诗为记——

　　　　把露珠留在潮湿的梦里

　　　　在正午阳光燃烧前委身于懂它的人

　　　　每一滴墨红都有纯粹的名字

　　　　并非所有的甜言蜜语都来自陷阱

　　　　水的温床可以发酵重生

　　　　揉碎前世只是为了缔造另一个芳魂

　　　　与烛光重叠午夜故事

　　　　在月下，在洱厨

　　　　玫瑰酿沉浮星子

　　　　也醉人

二、"怒江船长"与和师傅

从大理古城出发，一行同游分别上了三辆商务车。"此次我们前往的怒江、澜沧江、金沙江，发源于青藏高原唐古拉山，在云南省境内自北向南，于 60—100 千米的狭窄地带内，并行奔流近 170 千米，形成世界上唯一满足自然遗产四条标准的世界遗产地——三江并流的奇特景观。"这是傈僳族领队船导带大家上车前的开场白。他接着补充道，路途中需要翻越禁止九座以上车通行的雪山。

船导个子不高，但很显精干，自称"怒江船长"。他跟其余几位同来自怒江傈僳族的司机一样，有着高原地区黝黑的健康肤色。我是第一次听到有人姓"船"，百度一下，确知傈僳族有"船"姓。涨知识了。

大理到怒江有二百多公里，需途经大丽、昆楚大、杭瑞、保泸等高速路。怒江位于云南西北角，是地势最窄也是最险的一个州，州府是泸水市，整个州坐落在怒江大峡谷当中，几乎没有平地，大多数房屋都是依山而建。怒江东边的高黎贡山与西边的碧罗雪山，平均落差有三千米。我坐在副驾位上，一边看沿途景色，一边听司机和师傅介绍着。

师傅名叫和绍春，他说，傈僳族人随姓，"和"本是纳西族的一个大姓，爷爷觉得好，就拿来给我父亲作姓了。他接着说，我父亲识字有文化，所以给儿子取了个比较文化的名字，呵呵。胖乎乎的 80 后和师傅笑了，并告诉我，他有两个孩子，老婆也是傈僳族。

年纪轻轻就有两个孩子，好福气呢！听我夸他，和师傅不好意思地抿了抿嘴。

提起老婆，和师傅的话匣子就打开了。他说，老婆娘家信基督教，而他们家崇拜神灵，在怒江这一带，一家几口各信各的教，吃饭前各作各的祷告不是一件稀奇的事。那不是很热闹了啊。我听得掩口失笑。

我老婆嫁过来后，每次吃饭前不停祷告，我听得烦死，就不让她祷告了。哈哈，你这也太不民主了吧！和师傅直接把我逗乐了。

不过，我老婆娘家人还是比较善良有爱心的，让我跟着占了好处，嘿嘿。和师傅话锋一转，继续说道：结婚前，我们家送过去1万5千元的彩礼，可老丈人家死活不收，一直到我们后来成一家人了才肯收下。看到把着方向盘盯着前方，跟我闲聊着的和师傅那满眼的笑藏也藏不住，不由令我想起一句歌词，"你的幸福写在眼眶里"。

从和师傅这里我还了解到，怒江居民60%为傈僳族，峡谷地带地少，商品房价也不低，所以虽有政府为老百姓免费迁移的安置房，但当地傈僳族人大多还是愿意住在山上，有地可种，而且有边民补贴，还能守住山林，防止边境的缅甸人过来打猎和砍伐林木。

和师傅边开车边教我一些傈僳族的称呼。譬如，家里的长子长女叫"阿普""阿娜"，次子次女叫"阿逗""阿尼"，老三分别叫"阿茨"与"阿恰"等。一路上，我像鹦鹉学舌似的，心里直呼，有意思！

和师傅还悄悄告诉我，同为八零后的船导是他们公司的老总，手下调度着七十多辆车，如果不是因为春节人手不够，头儿平时是很少自己亲自出来带队做导游的。怪不得看上去神定气闲，原来就是山水间的一把"好手"。听着和师傅的"小报告"，我不禁对年轻的傈僳族船导多了几分敬意。趁着话题，我旁敲侧击地问和师傅的年收入。七八万吧，一脸淳朴的傈僳族司机老实地回答。辛苦吗？我又问。还好还好，他坦然地笑了，笑得风淡云轻。

三、怒江"澡塘会"

数百年，多么漫长的岁月
在漫长中接受大地对生命的馈赠
这天赐的泉水，比彪悍猎人的血更热

洗涤污垢也洗涤病魔
怒江人的哲理与澡塘会一样纯粹

于是，溜索的民族用赤裸裸的胴体
还原人类最初的图腾

在宝泸高速上，我们的车队穿过一个名为"老营隧道"的宝山网红点，全长有 11.5 公里，它是目前云南最长的公路隧道。进入隧道，绚丽而柔和的灯带映照着彩绘画布似的一帧一画，昏昏欲睡的我们马上眼前一亮。蓝天白云、湖光山色、古树绿荫、木棉花开，这些宝山至怒江的景致，在隧道中魔幻般展示着。我恍若身临青山绿水间，赏心悦目的画面冲击感一阵阵袭来。对于司机师傅来说，这种色彩与画面设计，能有效地缓解行驶在长隧道中的视觉疲劳感。

行程七八分钟的隧道尽头已是泸水六库界。进入怒江大道，在六库城北十几公里处的怒江边，我们慕名来到被称为"峡谷十六汤"的泸水登埂天然温泉群。

农历正月初二，正赶上傈僳族人一年一度的"澡塘会"，这也是他们的狂欢节。我们到达时，从公路旁往谷底看，尽管有山坡的绿荫遮挡，但还是能看到排列成行的温泉处，里里外外都是光溜溜的男男女女。怒江地区有许多独特的民族习俗，最负盛名的"澡堂会"便是其中之一。从初二到初七，历时数天的登埂澡堂会习俗，已延续了四百多年，而且男女同浴不避嫌。

早年，住在怒江峡谷两侧或山上的傈僳族人，在"澡堂会"期间，会带着米、油、肉、酒和炊具，扶老携幼，纷至沓来。然后，他们在温泉附近的岩壁、石洞处铺上干草、摊开被子，作为七天的窝，早晚泡温泉洗浴搓澡。他们认为，这样不仅洗去一年的污垢和疲劳、舒筋松骨，而且用这个天然温泉洗身体，可以一年不生病。现如今搭窝就简单多了，人们带上帐篷、行李和干粮，来到怒江边，立马支起临时的家。当然，许多家庭往往还会带上炊具，在怒江边野外大自然中烹饪餐食。与风月共餐，与天地和谐，历史上，逐水草而居的傈僳族游牧民族老祖宗，就是这般生活习俗。

我们沿着狭窄的石阶蜿蜒而下，前往峡谷的温泉地带一探究竟。

沿途开满了玫红的三角梅，衬着两岸青山，以及谷底碧蓝色静谧的怒江水，怎一个美字了得。我甚至找不到更合适的词汇来形容这让人沉醉的景色。

熙熙攘攘来往的人群中，不少是闻讯而来的游客。山坡、绿荫、岩壁处，扎着五颜六色的帐篷，也有搭简易竹棚的。树枝上到处晾晒着内衣、袜子之类的衣物。山道两旁摆满了琳琅满目的小商品和吃食摊，还有几处卖弩弓的，看上去大小不一。

在一棵分叉的树下，一位跟船长差不多肤色的中年人正在制作一把弩弓，他的脚下，摆放着一溜大小不一的成品。

我好奇地驻足观看，少顷，笑嘻嘻地上前问该男子，制作一把弩弓需要多少时间？只见他专注着手里的活，头也不抬地说，少则三四天，多则一年以上。看他熟练地用一种叫作黄麻的野生植物纤维搓绳，说是制作弩弦。

一把弩弓可卖多少钱？他听了，伸出两个手指。二百？我又问。他停下手中的活，抬起头，似笑非笑地瞥了我一眼道，两千！大的就不止这个价啰。蛮值钱的呢！我对着他伸出大拇指。

在逗留的几分钟时间里，我了解到，男孩子从小学习打猎和弩弓制作技艺是傈僳族的传统，他们将这种狩猎的神器称之为"欠"。早在傈僳族四处迁徙的游猎时代，一把弩弓就是全家人的生计所系，它不仅是傈僳族男人的配饰和身份标识，而且还伴随他们一生。

关于弩弓，"生前，白日佩带于身，夜晚高悬床头；死后，不离不弃，挂在坟前。"这种状态一直到 20 世纪 80 年代，政府在傈僳族聚居区实施环保禁猎政策、上缴弩弓为止。现在，以三江并流腹地维西县为代表的傈僳族传统弩弓，已列入云南省非遗项目，成为当地人逢年过节时的一项体育活动。

由此可见，说弩弓是中国傈僳族的民族象征和文化符号，恰如其分。

继续往下走，等我转到山腰一处平地上，只见一群傈僳族男男女女围成圈，正在唱他们的民歌。当下兴起，我挤进圆圈，学他们双臂相搭，跟着一起唱了起来。调是或长或短的，容易跟，虽然我一句也听不懂，而我简直是在瞎唱。但此刻传入我耳朵里的所有歌声都是欢乐的、融合的。我感觉身体里有一只鸟忽地飞将出来，腾空而去。

待下到谷底，但见一个个温泉池已人满为患。据船长说，这些都是实打实的野地温泉，原先有三十几个，后来由于各种原因只剩下如今的"十六汤"了。眼前，池里池外，泡着的、坐池边的、戏水的，应有尽有。因为事先有思想准备，所以看到这些几乎全裸的人，我也没觉得有多么难堪。哪怕不经意间见着了乳房不再鼓胀、垂挂在胸前的胴体，也没惊慌失措，替那女人不好意思。转过身，蹲下身子，我用手小心地往温泉里试了下水温，果然热热的。起身，放眼望去，但凡露在温泉外的肢体，都已泡得红彤彤的。

虽说这里男女共浴无什么忌讳，但男人基本集中在通道下来的前几个温泉池，往后面才是女人们扎堆泡澡之处。大致还是有界限的。

再往里走，有不少女人齐刷刷在岩壁下站着洗头发，边洗边高声谈笑。那些温泉水正汩汩地从石壁缝隙里流淌出来，想必这些女人们乌溜溜的长发，正是被天赐之水所浸润滋养的吧。

翻过一道石坡，在高台处有当地原始的交通工具"滑溜索"，可供游客尝试。所谓溜索，是在山谷两侧以一条绳索连接，人由高往低溜过河谷。都说怒江边有会"飞"的民族，指的就是这些傈僳族、怒族人会溜索过江。

在交通条件落后的年代，住在怒江两岸和山上的百姓，过江的交通工具，就是这延续了千百年的溜索。甚至孩子们上学也是背着书包，溜索过江。再后来，尽管怒江上出现了大量的桥梁，但这种原始的过江方式还是没有消失，只不过蔑索换成了钢缆，滑轮取代了溜板，当地人不时会来溜索一番，权当休闲娱乐和体育活动。

我也兴冲冲上了溜索台，小心翼翼地坐在了几根吊带上，徒手抓紧滑轮扣，由高往低往对岸飞速滑去。此刻，怒江水似一条碧蓝的丝带，在我身下无声飘动。我分不清是山风还是江风，它们呼呼地迎面吹来。一刹那，我恍若听到了远古的某些声音，正乘风而返。

四、遇见丙中洛

比起春寒料峭的江南，怒江峡谷的风早早有了暖意。雪山脚下，油菜花开了，青稞苗长了，包谷播种了，黄黄绿绿的春色，一直延伸到江边。这一大片有着平坦峡谷、被称作"人神共居"地的丙中洛，四周众多雪山环抱，遍布冰川、冰蚀湖。其中，十大神山之首的嘎哇嘎普最高峰海拔 5128 米，山顶上的积雪终年不化。

当地居民大多为傈僳族，此外还有怒族、独龙族、藏族等多民族共居，更有基督教、天主教、藏传佛教等三种宗教信仰并存。早先，坝子上只有三个怒族村寨。清道光年间，有西藏喇嘛来到丙中洛传教且扎根于此。之后，西藏、德钦等地的藏族人陆陆续续迁徙而至，成为这里的主要居民。

丙中洛，藏语意为"藏族人的地方"。在丙中洛，不能不提一下丙察察，它是一条长达 270 千米的进藏线路，也是云南入藏的必经之路——人们口中津津乐道的茶马古道。丙中洛、蔡瓦龙乡、察隅县，分别是这条线路的起点、中间和终点，有人把这三个地名的首字相连，就成了这条线路之名。我们特地前往丙中洛与察瓦龙交界处，去徒步感受了一番。

公路旁，朱褐色的"西藏"两字，分别用中文和藏文醒目地写在在高高的崖面上，提醒着过往者，经过界碑便是藏区了。此时，路上来往车辆并不多，偶尔还有几个全副装备的摩托骑行者，在我们跟前风驰电掣般地闪过。正巧有个骑行者在我们附近停下来稍事休整，几个"好事"的妞就跑了过去，满脸堆笑央求借他的"宝驾"一用，充当我们的临时道具。征得同意后，一群男女便轮番上场摆拍，非要凹出个飒爽英姿不可。忙于拍摄的船长还兼任"导演"，边拍边发出向左向右、低头抬头、伸腿出胳膊之类的指令。轮到我时，船长要求我把辫子散开，让长发飘动。可这把跟着我车马劳顿、一路奔波的长发，它愣是没法"帅"起来，把一干围观的小伙伴们乐得哈哈大笑。

丙中洛只有一条窄窄的主街，街两旁都是店铺，以酒店和餐馆为主。船长说，我们住的酒店是他数年前盘下来的，是他回怒江的窝。船长还把他平时回来住的套房让出来，给了我们。

从酒店房间窗户望出去，街对面有一家名叫"有盐有味"的餐馆，据说是此地口碑良好的吃食店。接下来住在丙中洛的日子里，我们基本都是在这一家就餐的，因为上菜快，口味也较适应我这吃绍兴土菜长大的江南人。

丙中洛的菜肴具有独龙族和怒族的饮食文化特色，其中有一道传统点心叫"石板粑粑"，但是在"有盐有味"店和一家牛肉馆，以需要领号排队的火腿土鸡火锅店，我都没有机会吃到。是因为春节期间食客多来不及做，还是因为外地游客点它少，不得知。闲聊中，听和师傅讲石板粑粑的烹饪制作过程，还是有点意思。当地人把薄薄的石板搁在火塘上加热，然后在上面盖上木炭灰。用荞麦面、糖、水调成面糊，有点类似于我们江南的烫麦糊烧，区别在于我们用油，而他们不用。掸去木炭灰，把面糊糊均匀地撒在石板上翻烤。如此做出来的石板粑粑又香甜又松软，特别好吃。和师傅说得我悄悄咽了咽口水。

丙中洛的早晨，风是清新的，空气是清新的，落在眼里的峡谷景致也是清新的。黄的、绿的，一块块、一道道紧密相连的田地，满铺在峡谷中间。后面是一大片村庄，紧紧依偎在苍翠的群山脚下，连绵的山峦之上白雪覆顶，与蓝天相接，白云蜂拥其间。望去，俨然一幅天然水粉画。

前往丙中洛雾里村，途中有一座废弃的"朝红"桥，桥面木板已破损不堪，但吊桥的模样仍然。因田壮壮曾带领他的摄制组到此拍过电影，所以一直没有拆除。与它紧挨着的，是当地乡政府取而代之的新建吊桥，取名为"云中雾里桥"。顾名思义，坐落在云雾里的一座桥，飘渺、诗意，听上去感觉颇有仙气。新桥上保留着当年的几根溜索，让人一看就有探究的冲动。

　　过桥后，需要经过一条开凿在峡谷悬崖峭壁中的羊肠小道，全长 1500 米，高 2 米，宽才 1 米左右。它是雾里村通往外界的唯一走道，因一直在使用中，所以据称它是滇藏地区依然"活着"的一段茶马古道。

　　村子东面是碧罗雪山，西面有高黎贡山，其间怒江贯穿而过，形成闻名遐迩的怒江大峡谷。据船长介绍，这个有 56 户人家的雾里村原名叫"翁里"，意思是"像鸟窝的地方"。后来游客们发现了这个清新脱俗的世外桃源，每当清晨抑或雨后，宁静而美丽的村落云雾缭绕，宛若仙境，便称它为"雾里村"。船长又说，村里虽然群居着怒族、傈僳族、独龙族、藏族、汉族等各族村民，但互相间世世代代过着和睦相处的平静生活。

　　我们在安静的村子里走动时，发现他们的木屋结构大同小异，不管是吊脚楼、木楞房，还是土墙屋，屋顶都盖着石头瓦片。木屋旁有小溪流，溪上架有小桥。我们经过时，有两个女孩正依靠着木桥墩，静静地望着桥下潺潺流动的溪水，她们的后背，几株桃花树开得正盛。眼前这一幕，顿时让我觉着时间在此慢了下来。

村中央有一白塔，四周围飘动着许多经幡，矮矮的白土墙围绕着小院。这是村民的活动场所，今天，他们刚好在此进行祭祀活动。几个女娃娃穿着传统的藏服，而大人们则藏、汉服混穿着。见我们进入院子，热情好客的村民们马上从一只不锈钢脸盆里，捧出一把把点心往我们手里塞，又拿出纸杯，给我们倒上热乎乎的黄色酥油茶，并一本正经地交待不可以剩下倒掉的。

随乡入俗，见白塔前有募捐箱，便从包里抽出一张钱塞了进去。院子里的村民们见了，都纷纷过来，让我一起围成圈，绕着白塔一边顺时针行走，一边念念有词，像是在念经。我听不清也听不懂，总之知道他们在祈祷祝福。

礼毕，我们几个跟村民们一起坐在低矮的院墙下，边休息边喝酥油茶时，一个脖上带着成串木珠，穿着紫红印花藏服，手上拿着转金筒的老人自我介绍说，他是这儿的村长。从村长口中得知一件有趣的事：村子里多数家庭都信奉藏传佛教，另外有 6 户信天主教，2 户信基督教。每逢周日，2 户人家去那恰洛教堂做礼拜，6 户人家去尼达当教堂做礼拜，而大多数村民则在初五、初十、十五日来此煨桑。今天是礼佛日，所以早几天村民们就提前做有关准备了。

我好奇地问村长，什么是煨桑？他说，这是敬奉神灵的仪式，在煨桑堆上焚烧松柏枝、香草，往里面添加糖果、茶叶、糌粑等，同时跪拜磕头，祈求神灵保佑日子太平，风调雨顺。他又摊开手掌，朝向白塔告诉我，这是"以巴西宫"，不可以用手指指点，以示尊重。

我抬头望向白塔，这座村民们祈愿生活幸福的精神之塔，此时，它默默伫立在蓝天白云下，庇护着村民们生活在一方宁静而美丽的世外桃源。

五、在老姆登村

沉下心，就能听到雪山心跳
听到丛林梦呓重重又叠叠

都说这里人神共居，来去匆匆的过客
怎能够窥见天使张开羽翼

或许是上帝存在的地方
红色十字架直指天空
告诉远道而至的人
"神深爱世人"

当然，红白房子里最原始的震撼之声
只献给上帝的耳朵

云端上，格嘎民宿的窗很小
却装得下用整个山顶砌成的皇冠
装得下人类顶礼膜拜的日照金山

吊脚楼，哦得得情歌滚动在达比亚 4 弦中

　　最后的诺亚方舟盛满神话

　　它们，让一个瘦弱的江南女子热泪盈眶。

　　老姆登是怒族语，意思是"人喜欢来的地方"。我们一行到达老姆登时，太阳行将落山。天色还是敞亮的，淡淡的夕阳温柔地照着这个沿山势而建、隐秘在深山里的宁静小村落。整个村子虽然处在碧罗雪山半山腰，但海拔不高，大概一千八百米。

　　村口的石壁围墙上写着"中国最美村镇老姆登"几个字。走在宽敞的村道上，清风拂面，空气明显感到清新而湿润。路上不时看到狗儿、猫儿，它们也不避人。想想也是，这是它们的家呀。

　　这里的村民大多都是怒族人，信奉基督教。据说很早的时候，有法国传教士来到这里，学会了当地语言，就在这里传教。于是，一代又一代的老姆登人，都信奉基督教。他们做礼拜的教堂建在村里一处悬崖峭壁上，远远望去，红白蓝相间的教堂顶上，红色十字架直指天空。据说这是整个怒江流域最大的基督教堂。船长说，做礼拜的时候，村民们是用傈僳语唱的赞歌，怒族和傈僳族语是通用的，怒族本身没有文字，而傈僳族文字就是始于赞美歌的翻译。可惜我们在老姆登的两天里，没能听到教堂里做礼拜的歌唱。我想，那种大山里淳朴、自然的嗓音，一定带着泥土和阳光的味道。

　　我们在老姆登下榻的"格嘎"民宿是村里人自己开的。盘

上露天楼梯，推开房门，迎面就见透明的玻璃窗外连绵起伏的高黎贡山，再仔细一看，一个形似皇冠的山体清晰地出现在眼前。这不就是传说中的"皇冠山"吗？我开心地呼叫起来。

早就听闻高黎贡山北段有一皇冠山，被当地人称为天然气象站。天气晴朗时，整个"皇冠"一览无余、碧绿透亮；下雨之前，皇冠山顶淹没在蜂拥的云雾中，不现身影；雨过天晴时，飘带丝的云烟缠绕"皇冠"，宛若仙境。而据说最为壮观的乃是雪后初晴时，阳光照射在白雪覆盖的"皇冠"上，发出银白色的光泽，就好像是天庭某位仙子遗落在人间的桂冠一样，美轮美奂，高洁神圣。

坐在紧挨着房间的大露台，正对着皇冠山痴痴遐想时，口袋里的手机叮咚作响。船长在群里呼大家下楼去吃饭了。

晚餐是在村里一家叫做"150"的客栈吃的。掌柜是怒族原生态民歌"哦得得"的非遗传承人、全国人大代表郁伍林，客栈是按掌柜名字谐音取的名，现已成当地的网红农家乐。每个客栈都有属于自己的故事，在"150"，我也听到了它的故事，说得确切点，是听到了掌柜郁伍林的故事。

话说怒族小伙郁伍林不仅人长得帅，而且能歌善舞，特别擅长唱"哦得得"情歌，还会吹口弦、弹奏达比亚。他高中毕业后，在乡政府的项目对接帮助下，去了上海的中华民族大观园，作为怒族代表表演怒族歌舞。在表演团队里，小伙子结识了同样来自怒江州的独龙江姑娘鲁冰花。两人自此情投意合，开始了恋爱。后来，郁伍林接到母亲生病的消息，只能带着爱人，依依不舍地离开了大观园表演团队，回到家乡老姆登。郁伍林夫妇利用自己的歌舞特长，搞起了富有民俗特色的农家乐。连郁伍林自己也没有想到，小客栈居然搞得风生水起，吸引了全国各地的游客不断慕名而来。再后来，郁伍林带动村民们一起搞山村旅游业，深藏在大山里的老姆登成了怒江之畔的旅游网红点，郁伍林也成为滇西北家喻户晓的人大代表。

此时，吊脚竹楼的餐厅一角，火塘里燃着红通通的柴火。屋顶下方挂着一排排黄灿灿的苞米、红艳艳的辣椒，以及一只只当地人俗称"琵琶肉"的土猪火腿。餐桌上桌面大的盘子里，绿油油的生菜铺垫下，烤乳猪、烤鹌鹑、火腿片、玉米、鸡蛋、粽子、红薯、西红柿、青瓜、花菜、饭团等食物，摆放了一圈又一圈，酒杯里的包谷酒散发着浓郁的酒香。几个傈僳族司机师傅现场教大家包手抓饭。手掌上放两片生菜，然后把饭团摊开，夹几片又薄又油润的老火腿片盖在饭团上，再撒上蔬菜和咸菜末，把生菜裹起来。这样，美味可口的怒族手抓饭就成了。

船长是个善于搞气氛的人。他带领一众司机兄弟先给大家唱了一曲傈僳族的"祝酒歌"。我们虽然听不懂歌词，但猜想大致就是祝福吉祥快乐的意思。船长解释最后一句"一拉啾"，就是一口干的意思。大家听了，纷纷举杯，不管喝没喝，全都卯足劲，一起喊了起来："一——拉——啾！"一刹那，感觉竹楼的屋顶都要被我们掀开了。

郁掌柜拿着他的 4 弦"达比亚"，给我们弹唱起他最拿手的"哦得得"。一曲末了，我趁机向他采访关于"哦得得"的话题。他告诉我，"哦得得"的唱腔有好几种，调子也各不相同，表达的意思也不一样，歌词都是即兴发挥的，特别是在情歌里面。不会喝酒的我双手举杯，学着说"哦吉咻咻"向郁掌柜以示谢意。搁下酒杯，我跳了一段养生舞三焦篇"爱莲"，给大家凑热闹。

吃饱喝足，在安静无比的大山里面一夜好睡。

次日早晨，于鸡鸣声中醒来，拉开纱帘，太阳明晃晃地照在不远处的雪山顶上，传说中的"皇冠"近在咫尺。半拉子"诗人"的诗情即刻泛滥起来——

面对雪山，一条大地缝合线
隐藏多少风的记忆

想象亿万年前汪洋模样
瞳孔后无数尾鱼影出没山之北
有人铭记二战"驼峰航线"地标
那顶王冠在出世与入世间沉默

日照金山时
我与渺小双双跌落尘埃

六、知子罗

一位地质学家的预言
将州府迁了
知子罗没有迁

根基扎在山梁上，连着骨血迁不动

脚下茶马古道埋着马帮的蹄声
八角楼、伟人像
时间之外的故事嵌入青砖白墙

黑狗子晃悠在走廊前
背娃的男人从黑屋子里出来
红色花背带比斑驳的语录墙醒目

在这里，人去并非楼空
当年的县委大院变身养猪场
陈列房引来送往
湿润的土地断不了烟火气息

村口小货车没有吆喝声
一袋子兰坪甘蔗将记忆之城
沿怒江咀嚼

　　在碧罗雪山山腰，有这么一个村落，名叫知子罗，傈僳族
语"一个好地方"的意思。时间仿佛在这里按下暂停键，人们
称它为"记忆之城"。

　　知子罗历史由来已久。一千多年前，氐羌族的一支乌蛮部
落后裔，从澜沧江翻越碧罗雪山，然后在知之罗繁衍生息，成

为碧江怒族的起源。唐开元年间，这里就是茶马古道的繁华集市，当时，知之罗是南诏国去缅甸的交通要塞。从知之罗翻过碧罗雪山到达高黎贡山，然后只需一天时间就可以到达缅甸了。一直到民国前，知之罗都是怒江各部落通往内陆的重要驿站。解放后，怒江傈僳族自治州成立时，知之罗成为区政府驻地，后来又成为州府。20世纪80年代，随着瓦贡公路的建成通车，州府搬迁至六库，知之罗成为碧江县府所在地。

如果不是因为1986年时，地质学家预言知子罗会发生山体滑坡，为安全起见，有关部门撤销了碧江县建制，疏散了老百姓。我想，知之罗现在一定是个拔地而起的繁华城镇，一如当年茶马古道要塞。

走近知之罗，那些街角、广场与老式建筑群，让人大有穿越回20世纪六七十年代之感。街边摆小摊的阿姨告诉我，这里不是传说中的空城，搬走的是政府机构，老百姓都还住着，只不过年轻人出外打工了，但他们过年又都会回家来的。阿姨说话的语气是缓缓的，脸上挂着浅浅的笑，一副岁月安好的神态。

附近有辆小货车在卖甘蔗，我过去要了一根。刨甘蔗的女人手脚很麻利，嗖嗖几下就帮我搞定装在塑料袋里了。在太阳底下，我啃着甘蔗，问："这甘蔗是你们本地的吗？好甜。""是的，刚从兰坪那运来的。"女人边收拾着甘蔗皮，边回答我。"又甜又脆，真好吃！"

海拔两千多的村子很安静，屋前的狗子见到我们也没有叫唤。太阳光淡淡地照在村舍的木窗上，照在屋前那些小小的菜地里。我们经过一排墙面斑驳的平房时，从黑乎乎的屋子里出来一个五六十岁的男人，肩上的红背带很醒目，许是温暖而有安全感，他背后布兜里的娃娃不哭也不闹。我估摸着这一对老的、小的属于留守系吧。

穿行在知之罗村，原先的州新华书店、州委招待所、八角楼图书馆、老革委会办公楼、公安局、武装部、气象台、学校、供销社、信用社、电影放映站等旧址，虽人去楼空，却保留完好，成为追忆历史最好的沉浸式现场。59栋老式建筑，它们在每一个太阳升起的新日子里，默默诉说着这里曾经繁华而真实的故事。至于那个地质学家的预言，终究与知子罗擦肩而过。

七、纹面女

那天，雄当村与雪山隔着雨季
天空在更高处赤裸
青蓝色蝴蝶张开斑斓的翅
翅上镌刻图腾，也镌刻龙族的注脚

阿细，巴奎依，察瓦龙土司
揭开这些与荆棘有关的密集疼痛
陈年的独龙毯下再次沉浮虀辣

消逝是最后的宿命吗
探访的旅者说

这里欠一个永恒的镜头

时间在两张纹面女的脸上静止

一张纹面，一枚民族文化的活化石。有人这么说。

在高黎贡山与担当力卡山之间的独龙江峡谷，生活着独龙族人。而他们的纹面习俗，已被列为国家非遗目录。独龙族是我国 56 个少数民族中人数较少的民族之一，由于封闭的地理自然环境，在新中国成立前，被称为太古之民的独龙族，一直过着结绳记事、刀耕火种，与外界隔绝的原始生活。直到十年前，也就是 2014 年，独龙江公路隧道贯通后，原先每年从10 月份到次年 3 月，长达半年的风雪封山期，才得以缓解。自诩为龙族的他们认为，人死后的灵魂会变成蝴蝶。而在独龙族人集聚的熊当村，我亲眼目睹，青蓝色蝴蝶在两位独龙族老妇人脸上定格。

眉心纹有火焰图案，以下至鼻梁纹成蝴蝶身躯形状，然后向脸颊两侧展开横刺点状纹，上至眼睛部位，往下与下颌汇合，下颌部位竖刺条纹。在村里的木屋前，面对纹面女的脸，我难以想象，纹面时需要承受怎样的痛苦。

据怒江州相关部门统计，整个怒江地区的独龙族纹面女，至今仅剩下不到十名，成为独龙族熊当村这两位纹面女都已有七十多岁，身上披着虽陈旧但颜色依然鲜艳的独龙格子毯。我们到达时，纹面女及其家人已闻讯为远道而来的客人，提前准备了煮熟的土豆与鸡蛋，用小竹篮盛装着。我们吃着这大山里的纯绿色点心，手里、嘴里、心里，都是热乎乎的。

在跟纹面女婆婆闲聊中，我了解到，早前，独龙族的女孩子到了十二三岁就要纹面，而且纹面的过程非常残忍。女孩洗净脸后平躺在地，由女性长辈用一根竹签蘸锅烟水，在女孩的脸上描上图案，然后自上而下，沿着图案线条，用小木棍敲击荆棘刺，刺破脸皮，再敷以云南特有的一种西南桦制成的染料，反复揉擦，使其渗入皮下。这样，伴着剧痛的红肿大概一周后消退，青蓝色的图案便在女孩脸上成为永不可逆的标志，从此伴随女孩一生。这纹面的过程听得我心都生痛。

问及为何要纹面，纹面女婆婆说不出所以然，只回答说这是龙族的规矩。想来，这就像汉族人曾经让女孩从小裹小脚一样，属于民族自有的习俗。

关于纹面，当地民间有几种传说，一种说法是为了去世后让神灵辨认，另一种说法是为了美丽而纹面，还有一种说法是为了抵御藏区察瓦龙土司的掳侵而自毁容貌等，众说纷纭。全国解放后，当地政府下令废除了纹面这一习俗，而且随着 2013 年独龙族最后一位纹面师的去世，即将消失的纹面女，成为了独龙族历史文化的珍贵见证。

在纹面女身后的木屋里，我们还看到粉白的墙上，高高挂着一张习总书记和怒江州少数民族干部群众代表在一起的照片，照片上就有两位在场的纹面女。一旁的船长跟我们介绍说，当这两位第一次走出大山的纹面女，听到总书记说，你们远道而来，虽是冬天，但没有了过去的大雪封山，独龙族会越来越好，激动万分的两位纹面女，用独龙族语言向总书记献唱了自编的感恩歌。

听着船长的介绍，我们身边的这两位纹面女婆婆，当即放开嗓门，唱了起来："共产党好共产党好，共产党是人民的好领导。说得到，做得到，全心全意为了人民立功劳……"淳朴而至诚的歌声在木屋前，在初春的风里飘荡。

临走前，我往两位纹面女婆婆手里各塞了一百元。傈僳族领队小杨也掏出了两百元放在她们手上。

"等纹面女全部去世后，把她们的照片放在世界上最大最好的展览馆里。"这是一个纹面女的心愿。听到了吗？抬头，我问雪山。山无语。

八、独龙江峡谷

出熊当村村口，沿着山脚虽不宽阔但平整的村道步行一段路后，过铁索桥，再穿过一片又高又细、当地人唤作"水冬瓜"的树林，就是独龙江源头。

眼前，群山苍翠间，一片绿得透明的水域兀自流淌着。午后的阳光如同老母亲的手，温柔地抚摸在水面上。波光凌凌。水流是湍急的，像是远方在召唤似的，义无反顾地汩汩向前。眼下，不是雨季的河滩显得有些干涸，露着一大片大小不一的鹅卵石。船长说，这里有独龙玉。于是，一群人猫着腰，低下头，在河滩上寻起宝来。

这时候，坐在雪白的鹅卵石上晒晒太阳，让峡谷里的风不时吹动头上的纱巾，看时间在晶莹的水波中流动，也不失为一桩惬意之事。

　　蓝天、绿水、青山、白石，在这隔着尘世喧嚣的世外桃源，在这天地自成的舞台，听耳畔鸟鸣此起彼伏，听一带绿水轻奏乐章，我情不自禁舞动的手臂在风中揉动、屈伸、舒展。

　　折返，路过小树林，见一处空地上拉起了红色横幅，上书"龙族族亲新年联谊活动"字样。一群当地的独龙族村民正在进行游戏活动。看他们的游戏很简单，像极了我们小时候的课间游戏。给一个人用黑条布蒙上眼睛，让他拿着塑料棒凭听觉去撵周围绳圈里的伙伴，他们的腿上绑着同样的塑料棒，一走动，就会发出吱吱声。看他们兴高采烈的样子，仿佛外界的一切都与他们无关。一旁用石块搭起的简易炉灶上，正煮着一大锅肉块、蔬菜之类的大杂烩。

　　"最幸福的似乎是那些并无特别原因而快乐的人，他们仅仅因快乐而快乐。"或许，这段话就是这些独龙族人最好的写照。

九、过孔雀山

　　　　多么浪漫的名字
　　　　提起它，许多颤动的羽就会点燃
　　　　燃成一屏春的模样

　　　　那夜，垭口没有春
　　　　只有羽化的冰雪

陷入
夜行者羸弱的眼眸

车轮子来不及羸弱
防滑链碾碎雪线的沉重
也碾碎一具手机即将换屏的疼痛

那夜，怒江的船队
搁浅在孔雀山
九个时辰

关于孔雀山，一说山名源于卡瓦格博雪峰的南方守护神的孔雀坐骑；另一说，孔雀山山体形状，宛如一只展翅欲飞的孔雀。总之，这名字听起来让人不乏浪漫而美丽的想象。

那晚，穿越海拔3400米的孔雀山隧道时，我们却一点也浪漫不起来，脑子里只回旋两字——敬畏。

从独龙江前往德钦梅里雪山，走德贡公里，穿越2545米长的孔雀山隧道是最近的路。如果走老路，需要翻过海拔3882的孔雀山垭口。德贡公里，被誉为云南最美的彩色公路。如果不是因为这个季节，雪线上几乎每天都在下雪，加上积雪还未融化，视线里都是白雪皑皑的画面，那我们看到的将会是一日四季的景色：绿云堆积的原始森林，各色野花盛开的山谷，牛羊慵懒的高山牧场，孔雀山顶的天心十二湖泊，高山流水形成的瀑布群，等等。船长如是说。暮春、盛夏、深秋，我想象着德贡公里最美的样子。

开拔前，我们抓紧时间，上了当地人口中的贡当神山，在一个高山养鸡场附近的平台处，俯瞰"怒江第一湾"。

源自青藏高原的怒江，穿山跃谷由北向南来到丙中洛时，受到大山阻碍，流向改为由东向西。谁知才奔流三百余米，再次被大山所挡，只好沿着山体，掉头来了个由西向东的急转，形成一个 U 型大湾。从上往下看，碧绿色的怒江就像一枚巨大的平安玉扣，镶嵌在群山万绿间，成为一道天地间绝美的景致，给人以强烈的视觉冲击感。

德贡公路连接怒江和澜沧江，历经十二年才竣工通车。完成修路任务的都是解放军啊！坐在车上的船长，望着车窗外曲直的公里感叹着。海拔二千七百米以上是雪线，而德贡公路的雪线占了52%，特别是孔雀山垭口路段海拔有三千八百多米，再加上一年中漫长的雨季和冬季，筑路工程之艰难可想而知。贡山到德钦虽然只有六十多公里，但因为相隔一座碧罗雪山，多少年，两地边民们只能靠一条古老的茶马古道，来维系往来。那时候，没有三天四夜是无法到达的。船长这样介绍。

由于是新春伊始，一路上，除了积雪还是积雪。在贡山和德钦交界处的老路口，船长指挥我们的车队暂停路边，让大家下车，沿着白雪皑皑的雪原，上坡去感受一下老路的路况。在孔雀山隧道开通前，每年的 11 月到次年 5 月，整整半年都是大雪封山的。直到 2022 年 6 月 30 日，随着隧道的全线贯通，这种因雪封闭的状况才得以解除。

队里没几个人去尝试老路的积雪厚度，更多的人在路边一大片开阔的雪原上打起了雪仗。那个热火朝天呀! 大有穿越回童年之势。没有加入雪仗之列的我，蹲在雪地里，捏了两只小白鸭，放在掌上偷乐。

随着海拔升高，车窗外飘起了雪花。下雪了! 有人喊。我有些担忧，转头去看和师傅，只见他抿着嘴，眼睛透过车窗，一眼不眨地直视前方。再看他握着方向盘的双手上，爆着明显的青筋。我问，这车是 4 驱的吗? 不是。带了防滑链没? 带了。

雪似乎没有停歇的意思，一直下。路面上的雪越积越多，车速也越来越慢，龟行似的，说得确切一些，是不见头尾的两行龟队，朝着彼此的反方向挪动。此刻，这荒野雪地上没有比龟跑得快的兔子，野兔正在某个避风的洞穴里打盹。

前面的车都陆陆续续停下来装防滑链。和师傅也下来了，但他把车上的防滑链找出来后，跑到前面，给了我们车队另一辆车的师傅。那师傅是这一群傈僳族司机里最年轻的，是一位虔诚的佛信徒。在丙中洛的普化寺，我曾见到他把二百八十元的香烛钱，交给穿戴藏服的守寺女人，然后跪在菩萨像前认真地礼佛参拜。听他说，他老婆的师父是普化寺的主持。

和师傅回到车上，车子才向前移动没几米又停了下来。估计他在反光镜中看到了什么。和师傅跳下车，向后走到对面车道，二话不说就蹲下来，帮助正在停车装防滑链的车主一起安装起来。看惯了钢筋水泥间那些虚伪与冷漠的氛围，我从和师傅身上，感受到了傈僳族人心地善良与助人为乐的秉性，这恰恰是高速发展的现代化社会，正在逐步淡化的人性光辉。"人之初，性本善。性相近，习相远……"感慨间，我忽然想到，当下社会，不知道老祖宗传下来的《三字经》，还有多少年轻的父母，在一字一句教与自己幼小的孩子。

15:18："前面一段路很难走。"

15:43："防滑链卡住轴，现在重新在按。"

17:30："防滑链掉了，我们在回找。"

20:05："估计我们到时店都关了，让住店帮买些桶装方便面吧。"

……

群里每跳出一条不好的消息，我的心就沉一下。

雪花继续飘舞着。天慢慢暗下来了。山上是没有路灯的，所有车辆全靠彼此的车灯和雪的反光来辨认路况。原以为过了垭口就可以畅通无阻盘山而下的念头，在车队出了孔雀山隧道另一头后继续停停走走、缓慢移动的现实面前，被彻底打消了。

昏天黑地之下，居然还有对头车接二连三地挪动上来。这些车难不成想在雪山上过夜吗？当我们摇下车窗，告诉他们前行艰难时，对面一辆车已卡在了厚厚的积雪层里，左右打滑，无法脱身。船长、和师傅以及我们车队里的其他男人，立即下车施以援手。差不多一支烟的功夫，终于把那小车连推带扯，脱离了窘境。在看得手心湿漉漉的那刻，我想这会儿，缩在孔雀这冰凉巨翅下，不敢苟且半步的人类，目光里都该闪动着雪的原色。

咔嚓嚓。当我感觉车轮跟积雪重重摩擦而带来的震动时，和师傅已把方向盘急急打了两把。车轮还是陷在雪堆里了。一群人再次下车，推车。我跌跌撞撞地跟在后面没走几步，啪嗒一下，好家伙，屁股结结实实摔坐在结冰的车道上，小挎包里的随身物件也飞了出去。靠着车灯光，我赶紧爬了几步，把散在雪地里的口红、纸巾包之类的小物件捡回包里。这时，和师傅的车子已解除困境，船长在那喊："上车啰！"我爬上副驾驶，还没坐稳，忽然发现我挎包里的手机不见了。一定是刚才一并甩出去了。

于是，几个人一起下车帮我找手机。刚移动的车队，又搁浅了。雪地里的光线模模糊糊，结冰的车道上除了雪，就是重叠交叉的车轮印，再加上手机是静音的，一时找不见它的踪影。正当我懊恼得要掉眼泪时，船长过来了，笑嘻嘻地把手机塞到了我手里，说屏坏了，车轮碾的。"哇塞！"瞬间，失而复得的惊喜，排山倒海似的冲我涌来。只要内存和这一路的照片在，我已谢天谢地了。

车队再次前进。开路的车灯在荒无人烟、白雪素裹的盘山公路上，就像黑夜里的星星般闪耀。等我们看到前方有若隐若现的灯光时，和师傅笑着说，安全了。我轻轻舒了口气："这孔雀，有个性。"

十、雪山，雪山

多少年
德贡公路上不缺顶礼膜拜的影子
尽管人类手心从没有一张通往巅峰的
限量版通行证

曾经，照见法门的眼
收下数万信徒齐刷刷的双膝
阿尼卡瓦格博拴过 17 个太过沉重的灵魂
曾经，雪线之上
神鸟背后滚落的雪，让以梦为马的人
接受一场最纯粹的洗礼

那时，除了迷路的羔羊
一切都在沉睡
包括迷里央措
也包括，梅里雪山。

从怒江畔沿德贡公路历经艰险，穿越风雪中的孔雀山，进入夜色阑珊的德钦县境内。经过德贡大桥时，船长说，这下面流动的就是澜沧江。此时，已近午夜。雪，若有若无地飘着。从车窗里望出去，澜沧江黑咕隆冬，让人无法窥见它初春迷人的蓝色系。只有路灯，在四周睁着不知疲倦的眼。

过大桥后，左转，往德钦县城赶路。和师傅说，快了，还有 35 千米。

比起雪山，这一段路况很好，坐在车里没有丝毫的危险感。经历过九小时高度紧张的雪地翻山，这时候精神松懈下来，不知不觉就睡着了。哇！听到有人轻呼，我猛地醒来。车窗外，蜿蜒的公路上，挂满了红灯笼，随着坡度盘旋而上，在漆黑的夜幕中宛若红色游龙，煞是好看。

德钦县城到了。手机上显示海拔三千四百米。虽已夜深，但商铺、橱窗、酒店门前霓虹灯闪烁，仿佛不夜城似的。

我们下榻的酒店正对着梅里雪山。我们在酒店门口下车时，雪又纷纷扬扬地下大了。对面的梅里雪山，湮没在茫茫的雪夜里。

把行李匆匆放入房间，一看时间，22:35。这才想起还没吃呢。觅食去。

相隔客栈两个店铺就有一家小超市。搜罗了几盒方便面和一筒奥利奥、几袋小零食后，回房间赶紧烧水、泡面。这时候，吃什么都是香的。

"明早哪里看梅里雪山日照金山呀？"半夜 11 点多了，群里还有人在惦记这事。"客栈六楼就可以看，日出时间 7:58。"船长回应。

早上，被手机叮咚声吵醒。"早上好！昨夜下了一整夜雪，路面结冰易滑，大家室外活动注意安全。"船长在群里说。我一看时间，7:18 起来拉开窗帘一看，雪停了。路灯敞亮，天还黑着。街边的汽车上都覆盖着厚厚一层雪。这样的天气，别说日出了，连梅里雪山的影子也别想看见。

下楼，问女掌柜，有吃的吗？有！小笼包、馒头、鸡蛋、豆浆，想吃什么？

剥着鸡蛋等小笼包的时候，跟女掌柜聊上了。客栈是女掌柜两口子帮儿子打理的。他们是纳西族人，老家维西，在澜沧江边。末了，女掌柜笑笑说，离此地开车一个多小时，也不算远。

小笼包是半成品，一会儿就端上来了，热乎乎的。有我们江南的味道，蛮好吃。我抬头冲纳西族女人说。她又笑了，那种似乎很满足的笑，在一张已不再年轻的粗糙的脸上，舒展开来。

9:01，有人在群里发上来一条二小时前的德钦暴雪黄色预警通告，预计未来十二小时，该县三千米以上大部地区降雪将达到六毫米以上，等等。

敬畏吧。顷刻，我打消了去飞来寺的念头，尽管它就在不远处。尽管我对传说中一僧、一猫、一公鸡的场面有足够的好奇心。尽管，那里可以感受来自卡瓦格博峰不是梦里的震憾。这一切，都因一场并非意外中的雪而成为遗憾。但，"不完美才是最完美的人生"，此刻，最合适用林语堂的这句话来安抚自己。

"以安全到达丽江为原则哈。"接着，面对途中即将翻越的白马雪山，大家也显得比较坦然。从德钦到香格里拉，这是唯一的捷径。

白马雪山，是澜沧江到金沙江的一道天然屏障，终年积雪的主峰，犹如一匹奔驰的白马，因此得名。而海拔四千多的白马雪山垭口，是目前为止云南海拔最高的公路线段。

跟预料中一样，我们的几辆车跟在长长的车队中间，走走停停，跑不起来。好在路况比昨天孔雀山好多了，路面的积雪早被清理，又是大白天，除了行驶缓慢，其他没什么大碍。经历了昨晚孔雀山的雪中惊险，眼前的行程该是风淡云轻。

在垭口附近，船长说暂停前行，车子靠边，大家下来拍摄一些雪景。眼前满目的玉树琼枝，以及更远处被雪覆盖的群山、峡谷，这些远离红尘的冰冷风物，此时，它们都一一构成镜头里永不消融的绝美画面。我穿着曾经翻越雪乡白川熊出没山地的雪靴，在这一尘不染的雪地上留下了两行深深的脚印。

下午2点半，我们顺利翻过白马雪山。在山脚处的路边驿站，大家下车填肚子。驿站有热水和方便面，就解决了一切问题。面对雪山，喝着又热又辣的方便面汤，心情平静如水。这是一次完美的自我疗愈，它来自最慷慨的大自然。我对自己说。

次日，守候在丽江的清晨中不止我一个。当玉龙雪山在目光所及之处光耀时，我知道，所有等待的花儿都开了。

　　7点58分，日照金山
　　那些仰视都朝向玉龙
　　包括高过地平线的一朵雏菊

　　汇聚在菩提路口
　　看得见，或看不见
　　所有虔诚
　　朝拜昨天今天与明天

　　这高原，佛光闪闪
　　每一个沙弥都会念六字真言
　　但并非每一个抵达的旅人
　　都认得
　　唵—嘛呢叭咪吽

莲韵禅心

——普陀山庄随笔

这时候，云的色彩
让我想起普济寺佛前禅衣
在救赎的末世里燃烧

欲望，死去又回来
像低在尘埃里匍匐的眼神
一样不会黯淡

这时候，一叶舟极力摆脱孤独
让夕阳慢慢靠岸

风，卷不动端坐心口的三句经文
只有涛声来来往往
剥离昨日喘息

今夜，你的诺言在蒲团上打坐

那只衔着莲香的海鸟

从布怛洛迦飞来

忙完开学季，想给自己透口气，便挤出三天假，带上摄影师虹，前往海天佛国的普陀山庄，来一次说走就走的采风之行。

第一天。起个早，赶在早高峰前，从古城绍兴出发，一路自驾畅通无碍。秋日的阴天，没有刺眼的阳光反射，开车视线反而柔和不少。

途经长二十千米的舟山跨海大桥，下起了阵雨。我跟虹笑言，这是观世音菩萨开启净瓶，为我们洒的杨枝甘露呢。

到达沈家门半升洞码头时，雨也停了。一看时间，不多不少，开了三小时。从地下停车场泊好车出来，向前拐个弯就是客运楼站。迎面有个大男孩向我们兜售香火。遇见是缘，二十大洋的一桶香即刻装入了我随身的大布袋。

去岛上的高速客轮一小时一趟，一日八班，交通甚为方便。上船的游客不多，二十分钟后就到了普陀山码头。酒店负责接待的辛格主任已在出口处迎候。脸上架一副秀气的眼镜框，嘴角上扬，笑颜如花，浑身透着干练劲儿的女孩，让人一见如故，心生好感。

看到她胸前醒目的莲状员工牌，不由眼前一亮。我好奇地凑近一数，正好八个花瓣。一霎那，眼前浮现出布达拉宫的八瓣莲花密集金刚曼荼罗。想当年，永乐帝将其转赠于布达拉宫，作为镇馆之物，此后被前来布达拉宫朝圣的信徒们追奉为"看一眼即是福气"的吉祥至宝，享誉四方。

早就听闻普陀山庄是一家禅文化主题酒店，由这枚员工牌，略见端倪。莲花也称妙莲，乃佛教主要象征。而八瓣莲花尤为尊崇，象征完美与圆满，它在佛教里指心轮，意在开启智慧和知识，在禅定中增觉了悟。辛格见我对员工牌饶有兴趣，便告诉我，这是酒店王总自己设计的。不错不错，用金莲构型员工牌，可见你们王总用意匪浅哦！我不免赞许有加。

沿着妙庄严路，从码头到普陀山庄大概五六分钟的车距。车上，辛主任介绍说，酒店门口就是这条千年古香道，旧时，它是岛民和外来香客前往寺庙烧香礼佛的唯一途径，每当初一、十五或佛菩萨吉日，香道上便熙熙攘攘，过往香客络绎不绝，更有虔诚者称念佛菩萨名号，朝着寺庙，三步一拜前行。

那石板道上的朵朵莲花会让你流连忘返哦！辛格掩嘴偷乐，朝我调皮地眨了眨眼。

一条香道便有一个飘着莲香的故事。所以，这莲花洋上的布陀罗迦，就有了让人神往的理由。"海上乘云满袖风，醉扪星斗蹑虚空。"放翁的诗句在唇齿间翻了个跟斗。车窗外，不远处的露天佛像一闪而过。心上竟有了莫名的颤动。

说话间，车已驶入酒店。下车，主楼墙上一朵硕大的圆形莲花图案映入眼帘。这不就是员工牌上放大版的金莲吗？一圈抽象的祥云包围着婀娜多姿的八瓣莲花，禅意顿生。好美的店徽呀！

般若觉院，主楼名大写意着禅文化。抬头，高大的门楣上半圆状的浮雕叠莲，宛若海上冉冉初阳，绽放莲花天香的光华。

莲前半掩半现的三只金色佛手，大概是意寓佛教中的西方三圣，手持莲花的阿弥陀佛，以及两位大弟子观世音菩萨和大势至菩萨吧，我猜测着。

步入酒店前厅，不自不觉中，心已沉静下来。迎面走来了一位身着酒店工作服的女子。裁剪到位的深灰色衣裙，把女子挺拔的身形，包裹得合体和精神，一眼望去恬静、知性而美丽，且不失稳重。女子微笑着自我介绍说，她叫王珊珊。原来她就是山庄的王总，一位年轻的酒店管理者。

一番寒暄之后，王总说，你们来得正是时候，今明都是礼佛的好日子呢。这下我才知晓，今日是佛教中的地藏王菩萨诞日，明日是初一岛上拜观音的吉祥日。随乡入俗，冥冥之中似乎就是让我来摄心参禅，进行一次心灵的自我泅渡。当下，心就越发欢喜起来。临了，王总捋了把她那顺滑的齐肩短发，慢悠悠地说，难得来岛上，你们就安下心来好好玩两天，相信海天佛国处会让你们趁兴而来，又尽兴而归的。

办好入住手续，到了房间，第一件事便是洗却路途风尘。房间里备有水果，书桌上除了小香炉和一盘小檀香，还贴心地备了一盒小火柴，盒面上画有一盆水莲，雅致、清新。一旁还有俩木质手串。案头放着笔和一册佛教礼仪，翻开，内页是印刷工整的楷体心经。平日里，晨跑时背诵这260字的心经，是我习以为常的早功课。此刻在酒店房间读到心经，自是亲切感犹然。

诵念着"照见五蕴皆空，度一切苦厄"，我换上了特地带来的紫莲香云纱改良旗袍。这还是他数年前送的礼物。因为舞蹈教培的职业原因，一年四季除了几天节假日，晚上和双休日基本都在课堂陪孩子们，平时少有应酬，所以这款心仪的手工旗袍，几年里也没能穿上几回。旗袍一上身，再配以粉紫绣花布鞋，自然就不敢风风火火走路了，连呼吸也不自觉地慢了下来。假小子鸿也脱了背心短裤，换上了白衣豆绿长纱裙。两个暂且放空大脑的女人，袅袅婷婷地下楼去午餐。

雕花木格子窗、木椅木桌，坐在雅致而安静的的普陀山庄中式餐厅里，慢慢品味舟山风味的海鲜餐食，感觉时光静好，人间值得。

蟹籽长蒲羹、蟹骨架、雪菜蒸小鲜、虾酱丝瓜、海蜇冬瓜汤，外加一道老北京酥肉夹饼，光听听菜名就足够让味蕾舞蹈起来。"民以食为天"，我想，或许过不了多久，我又会在哪天找一个理由，跑来普陀山庄，静静被烟火熏染的凡心，顺便过一把海鲜瘾。

午后，尽管室外空气还有些闷热，但原本阴沉沉的天散了云层，四周也渐渐明朗起来。

出普陀山庄向左，沿着古樟夹道的妙庄严路步行 6 分钟，就到了普陀山最大的寺庙——普济禅寺，这是岛上供奉观音的一座主刹，与法雨寺、慧济寺并称"普陀三寺"。佛教吉日里，寺外人来人往，院内香火正旺。此刻，清幽之地挤满了前来礼佛的香客身影。据说普济寺求婚姻灵验，放眼四周，这些香炉前高擎香火的人类，或许他们自己也搞不明白，站在这里，到底是在求什么。

头顶三柱清香，脚下一方净土，三分求，七分修，人类自己不就是芸芸众神啊！看着莲花灯前颔首垂眼的观音坐像，我听见自己的心在自言自语。

普济寺院门外有一千年石桥名"永寿桥"。桥栏柱头上刻有四十只石狮子，形态各异，煞是可爱，尤其是桥头的第一只小石狮憨态可掬，头部已被磨蹭得滑溜溜了。桥下是一莲池，据说有15亩，眼下，玫粉色的莲花，以及一枝枝成熟的莲蓬，出没在层层叠叠的碧荷间。站在一池莲荷前，我不由神思恍惚起来。

喜莲，爱莲，于我，最早源自母亲花绷上的绣样。小时候做完作业，常常会拿出父亲给我用白纸装订的草稿本，用铅笔一边涂鸦莲花，一边念父亲教我的诗句："采莲南塘秋，莲花过人头。低头弄莲子，莲子清如水。"即便到现在，但凡看到碧荷涟涟间的出水芙蓉，或是静卧水面的小睡莲，也仍然会半天挪不动脚。作为一个舞者，首次参加中国艺术节展演的舞蹈剧目是《碧荷涟涟》，首次获得省养生舞大赛一等奖的剧目是《爱莲》，这次采风，又在普陀山庄巧遇八瓣金莲，若不是因缘巧合，便是应了那句话，"佛说，遇见的，都是必然"。

回到酒店，一袭香云纱已呈汗津津状，料想此时鸿纱裙下的优雅亦七荤八素了吧。许是心有灵犀一点通，我俩对视一秒钟后，彼此笑趴在床上。

晚餐时分，我们正在中餐厅一边抿红茶，一边享用小米银鱼羹和琥珀色的墨鱼大烤，见一身工作服的王总进了餐厅，而后笑吟吟地在我们身旁坐了下来。咦，这么晚了，王总还没下班呀？我诧异地问道。一周里，我经常不回去的，平时等到下班，早过了最后一班轮渡的时间，也就习惯留在酒店，酒店当家了，呵呵。王总轻笑着回答。接着她又告诉我，刚接到通知，明日要离岛参加一天的财政系统会议，跟我们约定的视频访谈只能延到后天上午了。

作为舟山财政系统下的四家国有酒店管理者之一，王总是其中唯一一位女老总。从大学毕业后，她先在酒店一线工作，后调回财政机关，一年半前又被派送回普陀山庄，有着丰富的酒店管理经验。所以，即使刚上任就遇到特殊的疫情时期，她还是保持沉着冷静的心态，利用地域优势，从细微处着手，定位酒店禅文化特色经营。她常鼓励员工们，胸佩莲徽，修莲韵禅心，一切都会"越来越好，越好越来"。她还把这句富含禅理之言，作为山庄的座右铭，雕刻在前台的背景屏风上，高悬在古樟护佑的院落粉墙间。是的，凡事用心了，酒店自然越来越好，客人自然越好越来。

一夜安睡。梦里，开满了补陀洛迦的白色小花。

第二天。一早，在床上被鸿的声音唤醒："出太阳了！"我知道，有阳光的天气最受摄影师青睐。

匆匆吃完早餐，看窗外的芭蕉叶在浅浅的光影里摇曳，鸿背起摄影包，我跟着来到了酒店的侧门。

普陀山庄有两个进出口。呈开放式的大门口，一块巨大的山景石上，"普陀山庄"四个苍劲有力的红漆浮雕大字格外引人注目。望去，有草、有绿苔的巨石，仿佛在告诉人们，这是一处鲜活着生命力的所在。而侧门，则有着别样的景致，春联、石狮子、石台阶，中式门庭内外的古樟，参天蔽日、隔墙呼应。

于是，鸿的视频镜头里，印着紫莲的旗袍开叉，随着款款脚步在风中摆动，芊芊身姿穿过斑驳的光影，渐渐没入门庭深处。

在如此良辰美景，留下一段心动自己的视频，那么，在未来的岁月里，即使山遥水远，也会眷念如昔；即使流年似水，也会莲香依旧。

从普陀山庄到不肯去观音院，步行也就十几分钟。拎上香桶，酒店右拐，上古香道，然后过天福路、普济路，再沿着幽长的紫竹路步道一直前行。途中，有一片粉黛乱子草花事正盛，颜如莲色，粉雾状的花穗连在一起，风过处，缓缓摇曳，让人勾起童年的梦幻，于是，人的心也跟着柔软下来。

不肯去观音院与南海观音像都在紫竹林景区内。我们在景区售票处买香花券时，跟在普济寺一样，被告知需用现金。好在周围愿予人方便的游客比比皆是，现金问题立马得以解决。

随乡入俗。我们记着昨晚王总讲的当地礼佛顺序，进入黑瓦白墙的观音院后，先后拜了韦陀、弥勒佛、观音，返前再拜韦陀。韦陀在佛教里是顶天立地、威武雄壮的护法天神。传说佛陀涅槃重生时，有鬼怪要抢夺烈火中出现的许多舍利子。韦陀当仁不让，拼尽全力夺回舍利子，并降妖除魔，守护了佛法平安。从此韦陀以破邪显正、守护寺院的天神形象示人。

至于"不肯去观音"的故事早已在当地家喻户晓、人人皆知。相传唐大中十二年，一位名叫慧锷的日本僧人从五台山奉观音像回国，船至普陀山附近受阻，慧锷认为是观音不肯东去，于是便把观音像留在潮音洞附近的张姓渔民处供奉，从此岛上开启了最早的观音道场。

诸多流传在当地的神话传说，打造了海天佛国的神秘感。

而33米高的南海观音铜像处，正是当年慧锷留不肯去观音之地，现今已成为普陀山新的地标建筑之一。

此刻，相信这些踩着47朵莲花图案、接踵而至为日子祈福的人们，在点燃香火的刹那，所有的愿望都从身体里长出翅膀，仿佛曾经背负的红尘烦恼，也随三炷清香，滑落在燃烧的香炉内灰飞烟灭。而匍匐在脚踏莲台、面向大海的观音像前的凡胎肉身，无论多么沉重，或许在起身的瞬间，也有了身轻如燕之感。

这些念头，在又一个海风轻拂，秋阳呆呆的晴日，在身着黑色蕾丝长礼服的王总，指着大厅悬挂的巨型莲花灯，告诉我那井藻四周密密麻麻的小楷，是请书法家抄录的《心经》与《金刚经》两部经文时，再次悄无声息地划过脑海跳将出来。耳畔回响着身旁这位80后女老总意味深长的话音："普陀山庄管理层老员工的员工牌上是没有名字的，只有一朵金莲，因为，许多年来，他们的名字早已深深扎根于这方土地，与山庄融为一体了。"

多么温暖、多么有力量的阐述啊！

你随缘而来，我欢喜以待。回眸，大厅右侧墙上，红宣黑墨书写的对联，在大厅莲花灯的照射下，静静地透着禅意。

雅谷拾雅

沏一壶龙井，与他坐在雅谷客房宽敞的阳台上，听梅雨顺着深色的屋檐滴答滴答，听雀鸟躲在高大的乔木与绿丛里鸣叫。想起维特根斯坦的那句"语言即世界"，如此，即便坐着不说话，这远离喧嚣的天籁之音，不就是自然界最纯最真的语言吗？

视线越过木扶栏外湿漉漉的翠色，望向屋后的山峦——那些像云像雾的仙气，愈发蒸腾起来，似有淹没山头的趋势。如此，静心品茗，享受二人世界的闲适，想来也觉雅趣顿生。事实上，恰逢"黄梅时节家家雨"，细雨霏霏中入住雅谷，在天然大氧吧坐下来歇一歇，放空大脑发发呆，"偷得浮生半日闲"，本属雅事一桩。

进入西湖景区，在虎跑路与三台三路交汇的西南角，有一白墙、黑瓦、深檐的建筑群。这，便是素有"养生之地"美誉的杭州蝶来雅谷泉山庄。占地3.1万平方的山庄，不仅有有着2.7万方的绿化面积。东眺西湖，南临青龙山，西接虎跑后山，北靠五老峰，三山环抱的酒店独享亲近自然之福。拥湖泊山林，披自然植被，烟云峰峦作屏，秀竹繁花造景，正所谓："庭院深深深几许，数江南园林，自有雅谷处。"烟雨朦胧，一方神仙雅舍隐于飘渺山水间。

打开客房门，一股国风小雅之气扑面而来。深棕色的中式原木家具，包括圆婉的圈椅与高背太师椅，在柔和的灯光下，透着古朴雅韵。几对传统彩印花布包裹的靠垫与抱枕，在素雅而静谧的房间里特别抢眼。

未及放下背包，目光被桌上一枚朱红色千纸鹤所吸引。面对客人，它正无声传递着吉祥如意的祝愿。在它头顶上还悬挂着一纸精致的信笺。透明的扉页上，两个古装琴师在一朵硕大的粉色绣球花下弹奏乐器，颇有《诗经》里"琴瑟在御，莫不静好"的意境。其右上角写着"花间拾雅，不似人间"几个字。扉页后，素笺黑字印入眼帘："亲爱的拾雅伙伴，欢迎来到雅谷泉！去林间和湖畔走走吧，您可以在雅谷泉找到属于自己的角落……慢慢走，慢慢品，慢慢生活！愿世界美好都恰逢其时！"充满亲切与温馨感的欢迎短文后，是酒店老总王立平的亲笔签名。如此文化创意，想必酒店管理者也是费过一番心思的。

拾雅，拾雅，于花草林木间，于风花雪月时，无论朝露夕饮，抑或晨昏日暮，倘若日日拾得二两雅趣，这人间大可忽略几多疾苦、几番风霜，手心里的光阴便也有了诗意般的存在。触景生情之下，一支鹿蹄在心上来回游走。

在阳台茶过三盏，灰蒙蒙的云层散开了一些，天色敞亮起来。滴答滴答的檐落水也放缓了下落的频率。雨，还在漫不经心地下着。稍后，太阳光穿过云层，金黄色的光芒在雨中闪动。"闪烁着微光的雨滴，仿佛是天空的碎钻"，面对太阳雨，曾在某个宁静之夜诵读过的诗句，又起伏在唇齿间。

眼前，有不大的蝶出现在绿荫丛中，竟也不怕雨滴打湿它娇嫩的粉翅。看来，面对心仪的花草，它比我更有足够的勇气来见识风雨。这时候，两只灰雉鸡，拖着长尾，旁若无人地飞落在我们面前，睁着机灵的小眼在木扶栏上走来走去。少顷，又腾地展开灵巧的翅，一前一后，飞往属于它们的蓬勃的绿色世界去了。

鸟儿们把逍遥自在的羽影拖得很长，直到消失在我们的视线里。恍惚间，趴在阳台栏上的我，只觉着背脊上隐约有一双巨翅煽动，欲将我带往雅谷更深处。一个激灵，转头，身旁的他已起身，示意我换鞋出门。

看他抽出笨拙的勾头伞，我把粉色小伞包悄悄塞回了行李箱。想起放翁先生"黄梅之时才出门，蓑衣蓑帽必随身"的诗句，不禁与他会心一笑。

从二楼客房到楼下，迷宫似的，需穿过七绕八拐的长走廊，用迂回曲折形容毫不为过。若非入住时有前台服务员引导至客房，或许再次下楼时会有所迷茫。其间，可以看到底楼青石板铺就的天井。说是天井，其实是数个露天庭院，或山石盆景，或卧池听雨，颇有独特的江南韵味。

经过主楼前一方硕大的草坪时，雨，密集起来。他打开宽大的黑伞。我的头顶，瞬间有了一方晴天。这伞有着结实的木柄，就像他同样结实的胳膊。每次看到这勾头伞，我就会记起小时候，那夹着同款黑伞，走台门、窜小巷，嘴里不时喊一声"阉鸡哦"的身影。那时，母亲在家会养几只小鸡小鸭，而"阉鸡师傅"，是老台门一帮女人们创造的专项称呼。现在想起来，这般剥夺公鸡繁殖能力，让它从此成为"太监"的行当，着实有些残忍。但当时据母亲说，公鸡被阉割后就不会再去骚扰母鸡，可以提高母鸡的产蛋量，且公鸡会温顺许多，不再有攻击性行为，还会帮着照顾小鸡，如此云云。此时，在雨中，在他宽大的黑伞下，踩着长长的、宛如儿时通往古城河的青石板小道，怀念着童年老台门的那一缕烟火气，莫名的小惆怅滚落在脚下的苔藓里。

草坪尽头有六角飞檐的"子久亭"，以及名曰"子久湖"的水潭。一高一矮两石伫立亭前。小的湖石上刻写着"子久湖"三个硕大的红漆字。另一块大石碑上则用玄色小楷篆刻着一篇《雅谷泉记》，我绕有兴致地上前细读起来："西湖之泉不可胜数，然虎跑泉谓杭之圣水。雅谷泉与虎跑泉同出一脉，仅山南山北之别。论地势虎跑泉高，雅谷泉低，故雅谷泉水量大，终年不绝。""据《西湖游》杂志记载，花家山花港所自出，高60尺。山谷中林木葱郁，石阶盘旋，溶洞幽幽，有泉淙淙不息，经小溪涓涓入湖池,弯曲迂回径通西湖……"碑文中还提及，当年江华先生探幽至此，独爱此泉，称之为雅谷泉。

关于雅谷泉，另有一说，指"筲箕泉"与"雅谷泉"同脉同源，两处水流流出赤山后汇合于慧因高丽寺，故酒店以此泉命名。

但凡景致处都有属于自己的故事。雅谷泉不例外,冠与"子久"之名的亭与湖也不例外，顾名思义，想必在于纪念元代画家黄公望。绘制《富春山居图》的黄公望，字子久，其晚年隐居杭州"筲箕泉"。有关专家曾就今之"雅谷泉"是否为古之"筲箕泉"，还做过专项考证。尽管星转斗移，某些久远的历史已在岁月悠悠间无法确凿，但人们往往还是通过诸如雅事艺术等手段，来追寻心中的念想，抑或获得学识的潜在愿求。这，大概就是人类把握自身灵魂的精神寄托吧。

此刻，亭子里有貌似祖孙三代一家住客在外景旅拍。酒店工作人员正在热情地替他们服务。他们的身后，是久子湖上花开正盛的睡莲。红的、黄的粉色系莲花，衬着首尾相接的莲叶，煞是好看。那些莲叶，你挤我、我挤你，平铺在水绿色湖中央，就像一张巨大的翠色婚床，上面卧着一群粉嘟嘟待嫁的子午新娘。

与久子亭相连的是一座曲桥，横跨在湖上，曲折迂回间向前延伸到湖畔。曲桥下，有一大片荷塘，层层叠叠的荷叶有的打着新抽的卷，有的伞一样高擎。雨滴不停地打在上面，发出清脆的声音，而后又顺着荷叶的曲线下滑，珍珠似的滚入水中，汇同水面上星星点点的雨滴，泛起无数涟漪。几枝埋在荷叶里的菡萏，粉红着，就像初孕的新妇，满面春色，安静地守着胎期。待等十日半月，满池花开，荷香摇曳，那又将是另一番令人沉醉之景。

曲桥另一边，挨着湖畔，一架巨大的深褐色水车在水中缓缓转动，不时发出咯吱咯吱的声音，仿佛转动着昨日的旧时光。湖畔四周，绿茵环绕。仔细辨认下，发觉除了古松、老槐树、乌桕和榆树、榕树，还有樱花树、朴树以及其他一些叫不上名的树。当下只觉此地名副其实的山庄，乔木与绿植种类如此繁多，如同一方植物园。此外，紫色的绣球花、红的粉的橙的月季、洁白素雅的栀子花、黄灿灿的金丝桃等花卉，随处可见，受雨水滋润而分外娇艳。

眼前的这一切雨中清新，不由让我联想起陆游的《初夏怀故山》：

> 镜湖四月正清和，白塔红桥小艇过。
> 梅雨晴时插秧鼓，蘋风生处采菱歌。
> 沉迷薄领吟哦少，淹泊蛮荒感慨多。
> 谁谓吾庐六千里，眼中历历见渔蓑。

公元1171年初夏，时年46岁的陆游，远离家乡山阴，在陕西郑幕府任职，出入多见军塞荒蛮，时而生出怀乡感触。在他眼前，梅雨时节的江南故乡，历历在目。那塔，那桥，那小船，那菡萏发荷花的镜湖三百里，农人插秧劳作的忙碌田园，夏风传送的采菱晨曲，无不是他关于故土湿润的记忆。

看够了吗？后脑勺被他拍了两下，沉浸在跳跃性思维中的我一下回过神来。对着他似笑非笑的眼睛，我伸出手指，认真地罗列起来："看山、品茗、晏坐、听雨、寻幽，好家伙，今天可是货真价实的拾雅体验哦，嘻嘻！""怎么样，吃酒去？"

吃酒去！刚要去一楼中餐厅的两人，同时记起车里还带来一小瓶杨梅烧。那是一周前新浸的。被他牵着手，嘻嘻哈哈地回到泊车的入口景观回院时，雨已停了。

但见，雅谷的黄昏里，一池静水映着山石、行杉，白墙、深檐浓重的倒影。欲语还休的静谧中，一双禅意的翅，划过灰白色的天空。

诺邓，藏在深山里的故事

　　从大理下关到云龙，新建的"大漾云"高速路，如游龙蜿蜒在起伏的山峦青绿间。自驾 1 个半小时后，我们到达了距磻溪 177 公里外的诺邓，这个记载在云南最早史籍《蛮书》中，藏匿在滇西深山里的古村寨。

　　出发前在相关史料中了解到，诺邓自古出盐，盐质非比寻常，是不含碘的钾盐，且口味清淡、渗透力强。所以用诺邓盐腌制的当地火腿，可长期保存、香而不咸，其美味一直享誉全国。诺邓在汉朝就已经开凿盐井，形成"诺邓井"之名也有 1300 多年了，是一个典型的以盐井为生存依托的寨子。早在明朝洪武年间，设置的五井盐课提举司，就入驻在诺邓井。一个小小的诺邓，因为盐而成为明清朝廷重视之地。

　　从车上下来，天下起了零星小雨。雨，是那种名副其实的"飘"，凉丝丝地掠过脸庞，落在身上若有若无，颇有"两三点雨山前"的意境。抬头，群山环抱中，红墙黛瓦的村舍，透着古朴的气息，层层叠叠、栉比鳞次。一幅沉淀了岁月的天然画作，出现在我们的视线中。

踏上村口的石桥，雨滴密集起来。撑开竹骨绸布伞，我跟在提行李的男人们身后，沿着狭窄的村道前行。与其说是行走，不如说攀登来得妥帖。陡峭的小路全由大小不等的红砂石镶嵌，而它们的棱角早已被岁月磨平。低头，我发觉缠在身上的水墨雪纺长裙，此刻是有多么的累赘和不合时宜。

几个人沿着不断攀升的黑瓦红土墙、木梁木门窗的村舍，以及原生态的石头墙裙，经过近千米的七绕八拐后，眼看不远处屋顶后有一巨大的树冠映入眼帘，估摸着就是我们此行的落脚点——大青树客栈了，于是深吸一口气，脚下加快了攀援的步伐。分叉路口，我们稍一迟疑，拐错了方向，又多绕了两个弯口。待客栈管家接过行李时，气喘吁吁的我们才哭笑不得地得知，但凡客人的行李，都是需要通知前台，让骡子驮上去的。男同胞们幸运地替骡子做了一回搬运工。

已到午餐时间，冲着我那十几公斤的行李箱，为了向小伙伴表示由衷的谢意，我特地点了价格不菲的诺邓火腿。开饭前，我们在厨房前的屋檐下，看到几个阿姨正在拆卸火腿。其中一个阿姨告诉我，山上放养的黑毛猪黄毛猪白毛猪，吃野草野果野花虫子等，肉的香味就来自大自然，再经过诺邓盐的腌制发酵，有年份的诺邓火腿自然就特别美味了，所以不尝尝我们这儿的火腿，大概不算到过诺邓吧。阿姨边说边抿嘴偷乐着，完了补上一句，寨子里家家都会腌火腿的。一旁的我听得早就直咽口水。

上菜了，满满一盘蒸火腿片、一锅乌鸡菌汤，外加几个当地土菜，吃得几个人直呼过瘾。

餐间，一只毛色黄白相间的独耳猫一直在我们脚下钻来钻去，喵喵着，仿佛早就与我们相熟。想着猫要吃腥，记起我的布袋包里还有一小包鱼片，便起身掏出来，撕开包装袋，喂给脚下的猫咪吃。这家伙一边吃，一边发出了满意的"噭呜噭呜"声。

"诺邓"，白族语，意为"有老虎的山坡"，历经唐、宋、元、明、清各个朝代，村名从未改变，一直沿用至今。当然，山上虎影早就销声匿迹，唯有老虎师父扭着小屁股，长尾高竖，在寨子里晃悠。

午后，那只独耳猫躺在雨后初晴的道地里，与酒足饭饱的我们一起歇息在大青树下。我盯着它的一只耳，心里犯嘀咕：是先天残疾还是被野兽咬去？不得知。总之，它现在在清新的山风中，在时隐时现的阳光里，享受着属于它的幸福，就像此刻慵懒的我们。临近立夏，山坡路边、墙里墙外、天井院落，铺天盖地的花香浸染着这个千年白族村寨。

这棵四季常青的大青树已有八百多岁，是我们诺邓村的地标之一，也是村里尚存的四十多棵古树中最年长的。客栈管家娴熟地向我们介绍着。我侧身数了起来，123456，大概需要三、四个成年人环抱的树身上长了六个粗壮的分叉，散枝开叶着茂盛。葳蕤的树冠就像一把巨伞撑在村落高处，为村民遮风挡雨，庇荫一方。

所谓好风水，该是如此吧。

独耳猫伸展四肢，翻了个身，又眯上眼继续假寐。随着一阵山风，透过树荫缝隙的阳光，将摇曳的斑影投射在道地上。坐在石凳上，有那么一会儿，我沉入了梦魇般的恍惚。

那些斑影如水波荡漾起来，涟漪扩散处，一个牧羊人赶着他的羊群来到青石崖下，羊儿们低头伸舌，在地上、石崖上舔了又舔，不肯挪步。牧羊人凑近一看，是些白色粉末。他用手指蘸了点一尝，居然是咸的，还带着点鲜味。牧羊人欣喜若狂，就在附近的一棵大青树旁扎营为家，开挖盐井，煮盐为生，再也不走了。渐渐地，越来越多的人来到这里依山结庐安家、凿井制盐；渐渐地，商贾云集，诺邓村寨并不宽敞的山间小道，踏出一条四通八达的盐马古道。骡马项铃叮当……

"来，吃点西瓜，喝点茶润润口呢！"温柔的语音在耳畔响起，我打了个激灵，回过神来。笑语嫣然的客栈女掌柜把一碟西瓜和一瓦缸茶放在了长条石桌上。她边给我们倒茶边说，这是我们家祖传的养生茶，里面有薄荷、葛根、甘草、金银花等中草药，有清肠消炎的功效。

我端起茶盅，喝了一口，一股清凉和着甘甜徐徐入喉。于是，在大青树下，在花香弥漫间，品着清香满溢的养生茶，大青树客栈的前世与今生，宛如一位戴着风花雪月帽的白族"金花"，款款向我走来。

大青树客栈保留三坊一照壁的前院有 7 个房间，后院 5 个客间。现在前院除了天井留给客人休闲，其他房间都是我们家人自用。

这个院落最早的主人叫黄桂，学识渊博，有"滇中儒杰"美称，是云龙历史上第一位著名诗人，他是我们黄家的第十代祖先，我们是黄家第二十代后人。"文革"期间斗地主分田地，这个院子分给了五户人家。后来，我妈妈从1998年到2008年，花了整整十年时间，从五户人家手里把院子买了回来。

那是2001年的一天，来了一群法国背包客，他们在大青树下搭帐篷。因为树下是土泥地，下暴雨就搭不了帐篷，他们就进来跟我妈妈借宿。当时他们说的是法语，我们也听不懂。他们就用手势比划，妈妈大概知道了他们是想住在屋里。爸爸就用两个凳子和几块木板搭了床，铺上草席和大花被，当晚这个房间就让他们住了。

第二天临走时，他们在枕头上放了一美元，相当于八块多人民币。那时我妈妈从早到晚给人打工一天也就8块钱，她想着房子空着也是空着，所以开始出租，算是大青树客栈的雏型吧。那时也没有多少生意，真正火起来是在2013年央视《舌尖上的中国》摄制组来过之后。2013、2014年，基本每天都有三四百的收入，我们觉得非常好了。

到了2019年，整个诺邓村都在重建，除了我们家，其他村民做的客栈都有独立卫生间，于是我就让表哥帮我核计一下，把后院的房间做起来需要多少钱，他估摸着说只要十七八万就可以了。我一听就来了劲，让他仔细算算，而后他报给我的数字是六十八万。咬咬牙，后院开始动工。等到一切尘埃落定，原先设定的十个房间也变成五个大间了。最后你猜猜一共花了多少？一百六十八万。哈哈！

这个年轻白族女人的笑声里充满了自豪。重回深山村寨的大学毕业生，用收获的知识和越来越开阔的眼界，跟着家人一起抓住机遇、创业奋斗、与时俱进，个中艰辛只有亲历者才能体味。感慨中，我重新打量着眼前这个穿着一身碎花红裙、已然汉化的娇小女子。秉承善良、温柔和勤于持家的白族人女性特点，大青树客栈掌柜，不就是山寨新一代知识"金花"的典型代表吗？

正对大青树的石牌坊，原为五井提举司衙门旧址，后成为黄氏家族科举题名坊。女掌柜指着牌坊，给我们讲了又一个故事：明成化二年，福建人黄孟通任五井提举。五井是当时大理云龙州境内盐井的统称，有诺邓井、顺荡井、天耳井、师井、山井等盐井。黄孟通在其任期内的第九年，因辖内的顺荡井未完成盐课任务，便留下儿孙继续征补盐课，自己告老还乡回福建老家去了。岁月流逝，提举司衙门渐渐演变为诺邓村的黄家宅门，旧址上也镌刻上了黄氏家族历代举人、进士的功名。

耐人寻味的故事余音袅袅，我回望静默在夕阳下的大青树，思绪像张开翅膀的鸟，盘旋在依旧骡铃声声、民风淳朴的古村寨上空。如果说树有灵气，那么这千年大青树，早已成为村民心中的风水神树，日夜守护着山寨的安宁。

趁着太阳尚未落山，我们出北村口，沿着石铺山路逶迤而上。山腰处有一棂星门坊。我抬头仰望这滇西最为古老的木牌坊，虽经岁月冲刷，但五层龙首斗拱上的雕刻彩绘依然清晰可辨。牌坊正反两面分别书写的"腾蛟""起凤"四字，源自唐王勃的《滕王阁序》，寓意文章气势犹如腾起的蛟龙、飞舞的彩凤。

事实上，当年五井提举司在此设学祀孔，家学私塾盛行，提倡"三更灯火五更鸡"的学风。据传，明清时期，此地共出"二进士、五举人、贡爷五十八、秀才五百零",可见诺邓教育渊源深厚。

"同学们,上课了!"一个柔和的声音通过扩音器打破了山林四周的宁静。随着悦耳的铃音,我们惊奇地发现,前方右侧居然是一所学校。我往高大的黄墙内观望,绿荫环绕中,几栋气势不凡、颇具民族特色的飞檐教育楼依山而建,在蓝天白云的映衬下显得尤为壮观而美丽。"为爱上色",一面与蓝天同色的照壁上,四个红底白字醒目着。诺邓村的孩子们好幸福啊!我由衷地感叹。

我们继续往上走。快到山顶时,看到了传说中建于明代的千年古刹——玉皇阁古建筑群。古木簇拥中的群寺恍若置于烟尘之外,楼榭参差、殿阁如聚,一院高于一院。层层向上的十余幢建筑,如今保存尚好的为一、三层阁楼,几百年过去了,巧夺天工的雕梁画栋、斗拱飞檐依然美轮美奂。

来到玉皇阁,只见大殿中央顶端,久负盛名的诺邓一绝"二十八星宿藻井"赫然在目。我仰起头,只见排列有序的木板上,分别画着代表天上星宿的各种奇珍异兽,并按道家八卦方位拼合成穹隆藻井,色彩鲜艳如初,当下惊呼,这三十一块木板组成的二十八星宿图,不愧为是集宗教、绘画、天文学、玄学于一体的艺术瑰宝呀,它更像一颗藏匿在大山里的明珠,于岁月深处兀自璀璨。

古建筑群里除了玉皇阁,还有两个院子相连的文庙武庙,分别供奉着孔夫子和关公,足见诺邓人历来崇尚"文武并举"。

在文庙廊下,一块写着"云龙县果郎乡诺邓中心完小"的木牌，倚靠在红砂石奠基的墙角。重叠着年代感的墙面和屋檐下，花鸟走兽的装饰壁画清晰可辨，木格子门窗紧闭在静寂的时光里。高处一块不大的露天场地，残留着曾经人为活动的痕迹。虽然早已人去楼空，但这里的一草一木，显然向我们提示着，这里，曾经是孩子们挪用过的书房。

在原路而返的山路上，从一位路边摆小食滩的村妇嘴里，我们获悉，在诺邓新校舍建造前，乡里的孩子们就是在古建筑群里借读。文庙是一年级，武庙是二年级，玉皇阁是三至六年级，一共六个班级，村里大一点的孩子都在这里读过书。

"早前，我儿子去庙里读书时，都是带锅去自己做饭的，现在的孩子好了，在新学校专门有人给他们做饭，吃得可好呢！"临了，村妇用两只黝黑的手推了推头上的白家黄线帽，笑眯眯地告诉我们。

"同学们，下课了！"山腰处，伴着铃声，再次响起那柔和的声音。哦，孩子们放学了！我使劲踮起脚尖，想看一看这些鱼贯而出的小身影。然而，高大的院墙挡住了我的视线，只有银铃般的欢笑声从天蓝色的照壁后传来。周围，宁静的山林已披上了夕阳的余晖。

是夜，在大青树客栈的樱桃树下，抿一口老板娘亲手浸泡的普洱茶酒，就着小木桌上跳跃的驱蚊烛光，我读着这样美丽的文字："崇山环抱，诺水当前，管重密植，烟火百家，皆傍山构舍，高低起伏，参差不齐，如台焉，如榭焉，一瞻而尽在眼前。"

伊朗见闻录

有人说，"如果路上的惊喜是你旅行的意义，那伊朗或许是这个世界上你应造访的国度。"特别认同这句话。

回眸间，伊朗十一日之行的所见所闻，宛若彩蝶，从一千零一夜的宝盒里飞出来，在我身后的光影里翩跹。

一、途说

被桂香浸染的假日早晨，飘了几滴雨。空气是湿润甜蜜的，每一口呼吸也是湿润甜蜜的。去往上海浦东机场的路上被告知，由于伊斯法罕的国际会议，导致当地大多酒店被占用，我们的行程也因此作了迂回调整，线路犹似三角形。想到三角形，古希腊的毕达哥拉斯定理、古埃及人的纳西尔公式、古老的金字塔等等，这些与几何学有关的一些名词，纷纷从打开的脑洞中跳出来，它们踮起脚尖，伸长脖子，与我一起望向远方。那里，由神圣的几何学所创造的伊斯兰建筑和装饰艺术，正在异国他乡闪烁着魅惑的眼。

时隔三年，再次跨出国门，坐在飞往德黑兰的直航夜机上，看到异国风韵的空姐，心情不免有些小激动。在把手机调整为飞行模式前，看到了一则新闻：刚在北京落下帷幕的19届亚运会男子乒乓球赛，伊朗仅派三位选手参赛，却令人瞩目地摘下了一枚铜牌，成为国家的骄傲。由此可见，这样的人民，除了幸运因素，应该与其执着的宗教信仰所带来的不畏强敌、勇于战斗的民族精神有关。

飞机上不少高鼻梁、黑眼睛，轮廓分明的黑头发外籍面孔，估计都是中东人吧。国内跟伊朗有四小时半的时差。此时已是北京时间子夜，尽管机舱内还亮堂着灯，瞌睡虫已爬上我这睡猫的眼帘。正昏昏欲睡中，被一阵夹着口哨和鼓掌的欢呼声吵醒。原来这些是刚参加完亚运会回国的伊朗运动员，怪不得这么兴奋。

八小时后，飞机到达德黑兰伊玛目霍梅尼国际机场。若不是事先游侠客领队青青给大家打过预防针，告知伊朗人出名的生活慢节奏，出关、取行李一共花了四小时，估计我和伙伴们都会抓狂。只是头上这一块稍不留神就会从发上下滑的头巾，已经有让我抓狂的预警了。

跟我们同机回国的伊朗运动员们，在机场大厅门口受到了隆重迎候。早就列队等候的军乐队奏响了国歌，政府官员与运动员一起集体拍照合影，举着奖杯的运动员们此刻是最幸福的人。我们也有幸做了一回见证幸福的观众。

二、德黑兰拓邦酒店

在机场等候行李时，我认识了一位德黑兰华人，他叫王立，他帮姐姐王俊打理的"拓邦酒店"，是迄今为止伊朗唯一一家有注册牌照的由中国人经营的中国酒店。因为伊朗有明文规定，外国人不能在伊朗独立经营酒店。

于是，我从这个湖北小伙子嘴里，听到了一个关于德黑兰"拓邦酒店"的故事。

姐姐王俊来伊朗已经十四年。她大学时在国内学的是英语专业，毕业后进入一家贸易公司，被公司派来伊朗后一直生活在德黑兰。由于伊朗常年受美国制裁，汇率不稳定，两年后她所在的公司撤回了国内，而她却因对伊朗有了一种割舍不下的感情而留了下来。

王俊觉得波斯语好听，特别想学，同时也想了解伊朗文化，从而在当地立足，就去德黑兰大学申请了"伊朗学"硕士研究生专业。为了赚取生活费，王俊就在课余接陪同翻译的活。期间，她接待了一些中国商人，在帮他们订酒店之类的服务中，不断听到吃不惯伊朗饮食，吃不到中国餐，当地酒店硬件软件待提升等等抱怨，于是，王俊就萌发了自己开一家中国酒店的念头。

接下来，在前后两次与伊朗当地人合作均告失败之后，王俊于2017年一个偶然的机会，终于拿下一个酒店经营权，对方是在美国生活的伊朗人，有一祖传酒店。

于是，王俊把国内的弟弟也叫来，帮她一起打理业务。拓邦酒店渐渐经营得风生水起，在德黑兰有了一定的知名度。

"知道吗，这儿民用电相当于人民币七分一度，天然气两毛一方，汽油原居民二毛多一升，移民五毛多，但相比国内还是便宜多了只是我们需要的一些日用品就金贵了，譬如我们做菜的调料是国内的七倍，需要从迪拜走私过来。再譬如付一个厨师的月工资一万多，但加上税额，一年就得付他三十多万工资了！"站在我面前的王立一口气说完后，搓搓手，接着说："来伊朗旅游的国人会越来越多，日子也会好起来的。""这不，我们来了呀！"我笑道。"是啊是啊！"王立咧开嘴乐了。

说话间，我已掏出手机，加了王立的微信。我想，总会有机会去拓邦酒店感受一下的。

在伊朗的第十天，正当整个团队的小伙伴们被每顿老三样的伊朗餐整得食欲下降到谷底时，翻译小吴通知我们，晚餐去吃中国菜。耶！一听这话，小伙伴们都欢呼起来。我的味蕾也立马全体起立，蠢蠢欲动。

夜幕降临时，德黑兰街市华灯初上，霓虹闪烁。一行二十余人跟着小吴穿街过市，拐入一条不起眼的小巷，不多会儿，就见两盏熟悉不过的红灯笼，高高挂在门庭前。原来，这就是拓邦酒店呀！

此刻，偌大的露天庭院里灯火辉煌，院中央伊朗风格的喷水池灯影闪烁。两大张餐桌上国人惯用的圆桌盘与碗筷已摆放就绪。当下，看到十天没摸上的筷子，众人感觉眼泪都要出来了。我滴娘啊，这跟断不了母乳的奶娃有何区别呀！大家嘻嘻哈哈自嘲着。

凉拌黄瓜卤牛肉花生米拼盘、红烧鱼、木耳西兰花、青椒焗虾仁、清炖鸡汤、炒菠菜、凉皮豆干、南瓜羹，中国味道的八菜一汤外加热乎乎的东北大馒头陆续上桌。众人开动筷子狼吞虎咽自不在话下。这时候谁要跟我扯"减肥"两字，没门！

在伊朗吃了十天的烤鸡肉、烤羊肉、烤牛肉、烤番茄、烤土豆，大小不一的馕，以及没有一点粘味的藏红花米饭，对于一向信奉"民以食为天"的我等华夏子民来说，味蕾确实已在忍耐的边缘。至于那些飘着怪味的红红绿绿的糊状食物，以及伊朗人钟爱的传统蘸料，我们更不敢轻易尝试，唯恐留下"没齿难忘"的记忆。

大快朵颐之余，众人在庭院里茶聊，我则四下打量，希望能在此看到王立的身影。问翻译小吴，回说小王总好像刚刚还在店里。

闲谈间，小吴告诉我们，他与朋友常来这儿吃饭喝茶。不明而喻，毕竟，这里是德黑兰唯一一家中国酒店。旅居此地的国人，隔三差五来这小聚，不仅能吃到国内的菜肴，更能借此疗愈一下思乡之苦。

经过庭院尽头的台阶，上面的楼层是客房。透过宽大的落地窗，我看到一楼的休闲大厅里，几个中国客人正在跑步机上锻炼。

坐在廊前，我给王立发了一条短信，大意是，我们来你们的酒店就餐了，好吃。顷刻，他回信说："是的，谢谢，你们吃得开心就好！"后面加了两个笑脸。看来他早知晓。对于做酒店的人，晚间是黄金时段，况且，拓邦还有其他的分店，这会儿他该是忙得不亦乐乎。

抬眼，醒目在夜色中的红灯笼轻轻摇曳着，我在心里默默祝愿这些异国他乡的创业者，展着梦想的翼翅，无惧风雨，越飞越高。

三、卡尚，踱过七千年尘埃

黄色的老城。

从德黑兰机场到伊斯法罕的卡尚约二百多公里。早在11世纪的伊斯兰帝国时期，卡尚以地毯、陶瓷、瓷砖而闻名。伊朗历史上，对卡尚情有独钟的皇室代表，要数17世纪萨法维王朝的阿巴斯大帝，他坚持死后把墓地选在卡尚，而不是帝都伊斯法罕。现如今，除了地毯，卡尚还是伊朗玫瑰花露的重要产地。故有人把它称之为玫瑰之乡。

一辆斯堪尼亚大巴负责我们此次在伊朗境内的所有行程。对接的当地旅游公司安排了俩司机，还有一位地陪玛赫迪以及一位随团翻译吴海洋。这辆纯进口的瑞典车车况不错，每个座椅都可以放下来，宽敞、舒适。由于在飞机上迷迷糊糊没能好好睡，所以我一上车就赶紧补眠。

当地时间9点，我们在途中的一家餐厅吃自助早餐。餐台上有我爱吃的土豆块、土豆泥、煎鸡蛋，还有牛奶、芝麻煎饼、面包以及水果。椰枣很甜，西红柿又红又面，再加几块西瓜，吃饱喝足。伊朗食物没有我想象中那么难吃，只是没料到接着的每日每餐各种做法的土豆，竟然成为我裹在馕里的不二主食，不过相比干巴巴、没有一点粘性的藏红花饭，其口感更适合我这来自鱼米之乡、日日以香喷喷的白米饭为主食的江南人吧。

这里是卡尚的郊区。从餐桌后的落地窗望出去是一条并不平整的水泥路。路旁有一排看上去有些年代的石屋，它们用石头和土浆搭建，屋顶砌成一个个有特色的半球状突起，像飞碟的帽盖。屋顶上面是排列有序的电线，望去就像空中画着的五线谱。

离开餐厅前，我在一个陈列柜前停留了片刻，那里摆放着缩小版的各国国旗。我一眼就看到了五星红旗，很亲切。我好奇地数了一下，一共有二十一国国旗。这些是店主到过的国家，还是来过店里的客人的国家，上车时我还在想着这个问题。

塔吧塔吧伊宅院是我们到卡尚的第一个游览点。正是午后，顶着中东热烈的日头，我们沿着一条土路步行。附近正在修缮古建筑，工人们在没有遮拦的太阳下忙碌，几辆大型工程车清一色的奔驰牌，据说是伊朗半个世纪前的土特产。四周空气干燥，逼人的阳光让人只想把脸整个儿埋在头巾里。

路口有一所当地的小学，此时大概是课间吧，隔着淡蓝色油漆的不锈钢栅栏，教室窗户上挤上来几张男孩子的脸，冲我们笑着喊着。这时候他们见到一群外国人自是新鲜和兴奋的。

卡尚盛产玫瑰水和玫瑰精油。走进巷子，就有当地人向我们兜售玫瑰精油，且热情洋溢，就差把产品塞我们手里了。巷口的墙面颇有艺术感。除了玫瑰花盆栽，还有不少大小不一、错落有致的镜框装饰在墙上。高处，玫瑰小紫和脆皮鹦鹉在各自的鸟笼里自得其乐。巷子尽头就是塔吧塔吧伊宅院，一处典型的波斯传统豪宅。

以主人名字命名的大院修建于 1834 年，至今保存完好。赛义德·塔吧塔吧伊是富甲一方、远近闻名的波斯最大地毯商，以编织地毯起家。两扇不大的门上各有一个造型不同的铜门环，一个棍形，一个环形，分别代表男女。客人按自己性别敲门环，根据声音，里面的人就知道来客是男是女了。如果客人是男的，而男主人出门在外，女主人就不可开门迎客。这是波斯民居传统的约定俗成。

这座院落当初花了十年时间才建造完毕。整个米白色系的院落有四十个房间、四个花园、四个地下室、三个风塔，以及两处供自家饮用水的坎儿井。恍然大悟，原来我们新疆的坎儿井起源于波斯。早在 2016 年，波斯的坎儿井已被联合国教科文组织列为"世遗"。

外墙上所有米白色精美的雕刻花纹，均来自他们家出售的地毯图案，令人叹为观之。倘佯其间，恍如置身于一个艺术宫殿。遥想当年，裹着印有玫瑰花头巾，身着纯色长袍的波斯美女，在庭院深深的院落飘逸而过，该是何等的风华绝代。

在凌空垂挂装饰着一些彩色木梭的后院，有一间陈列工坊，一位老人坐在里面的织毯机前工作。这位头发已谢顶，留着花白胡须的老人满脸堆笑，用波斯语跟我们介绍着。他的样貌像极了那位西班牙的艺术家毕加索。通过翻译，我们了解到老人家从九岁至今，一直在这儿工作、织毯，他已成为这座古老宅院有生命呼吸的陈列品。其间，老人还热情地招呼我们在织机前尝试操作。后来出来时，几个人有些后悔没有买老爷爷的手工织巾。

返途中又经过路口的小学，恰逢孩子们放学。两个裹在深色头巾里约摸七八岁的女孩，背着书包笑吟吟地挥手跟我们打招呼。透过阳光，她们浓密的长睫毛在脸上的光影里翕动，仿佛会说话的大眼睛在头巾下一闪一闪。好标致的一对波斯小美女呀！她们瞬间让我联想到伊朗电影《我在伊朗长大》中的小玛姬。祈愿她们在成长的路上，能像小玛姬一样幸运，即使遭遇风浪，也始终有挚爱的亲人为其保驾护航，从而找到一片属于自己的自由天空。

卡尚之所以成为伊朗最具吸引力的旅游地之一，与它拥有诸多保存完好的古宅密不可分。

布鲁杰尔迪古宅就是其中又一座奢华的传统庭院代表。它同样有着长方形的庭院、院中央长方形的喷水池，以及建筑内华丽的壁画、精美的雕刻等古波斯豪宅的建筑特征。

在入口处围墙上，我又看到了那张提醒女性游客戴好头巾的广告画，它几乎出现在每一处公共游览场所。画面上，一块巨大的黑头巾把人从头到脚包裹，虽然有玫瑰图案点缀，但黑黢黢不见身形的背面，还是不免让人产生一种压抑感。

头巾规定是伊斯兰教文化的一部分，可以追溯到伊斯兰教的原始文本《古兰经》中的教义。在穆斯林传统文化中，女性被认为是家庭的宝贵财产，在公共场合不可以露出头发和颈脖，以保持其保守、谦虚、谨慎的形象。所以，无论在机场还是景区，都随时有黑长袍的穆斯林头巾管委会成员，监督女游客的头巾事项。

其实在伊朗革命前的巴列维王朝时期，伊朗女性还享有出门不戴头巾的自由，直到1979年，霍梅尼推翻巴列维王朝，成立伊斯兰共和国后，头巾被看作是伊斯兰革命的标致之一，凸显其作为伊斯兰信仰和传统的表征，于是，这块顶在伊朗妇女头上的布，一裹便是四十年。这会儿，我看着周围小伙伴们的头上，五颜六色，几乎都是象征性地披挂着，那些所谓"诱惑罪恶的皮肤与头发"，早已挣脱出头巾，与阳光亲密接触。

由彩色玻璃与各类雕花装饰的穹顶、图案细腻纷繁的墙面，等等，所见之处，眼花缭乱。站在令人美到窒息的两层宅府的建筑内，听翻译小吴讲着这座古宅的传说，隐约有卡曼恰琴声，由远而近，如诉如泣，萦绕在虚空里。

相传很久以前，两位卡尚的地毯商坐在一起谈论彼此年幼孩子的婚事。贾法尔对布鲁杰尔迪说，如果将来你儿子要娶我的女儿，至少要有一幢跟我家一样漂亮的房子，让我女儿住在里面。布鲁杰尔迪答应了下来，并且用了足足十八年，建成了这座奢华的庭院。之后，他们的孩子如《一千零一夜》里所描绘的那样，在此过着繁衍后代、平安幸福的生活。

从古宅偌大的客厅出来时，我们的脚步声惊扰了庭院一旁树上的几只鸟，它们的翅从我们头顶掠过，一晃就消失在高墙外。鸟们自有它们的天地，比起人类的，更为广阔与自由。最起码，雌鸟跟头巾法没有半毛关系。路过散着紫色花朵的草坪时，我下意识地回头望了一眼，此刻，夕阳正拖着长长的斜影，倚靠在精雕细琢的围墙上。

在卡尚，给我留下深刻印象的还有艾哈迈德苏丹浴室。这是卡尚保存完好的的一处古波斯浴室，距今已有五百年多年，渊源于土耳其苏丹浴室。从古到今，浴室在伊斯兰教文化中占有不可缺失的一席之地，因为教义要求祈祷之前必须沐浴，强调身体与精神的双重洁净。

古波斯浴室相当于我们现在的茶室，除了沐浴，更大的功能是属于商务、休闲场所，是古代伊朗人的社交中心。这里的装修具有鲜明的伊斯兰风格，无论是穹顶的雕刻、墙面的绘画还是四周镶嵌的蓝色系瓷砖，都带给人强烈的视觉美感，仿佛置身于一个迷宫般的蓝色童话世界。

室内有楼梯可以到达屋顶，上面有大大小小用土砖砌成的半圆球，球上装饰着许多蓝色的采光玻璃，可以保障光线从各个角度射入屋内。望去，好似停歇着一群外星球的 UFO，随时都会起飞，隐入蓝天白云深处。

随同伴跨出大门时，我好奇地叩响了其中一扇门上的铜制环形门栓。叮叮！即刻响起清脆的声音。有人喊，服务生听到了，是女客！一众人都笑了。

与苏丹浴室相距不远有一个绿色王国——费恩花园。它是萨菲王朝时期，为阿巴斯一世作为行宫建造的皇家花园，在后来的赞德王朝和恺加王朝时期又加以修葺与扩建，是伊朗现存最古老的波斯园林，在 2012 年被联合国教科文组织列入了世界文化遗产。

周边地区水资源稀缺，但这里却流水汩汩。步入大门，花园主体建筑前以一条长长的水渠为中心轴，两边是正方体花园，里面种满了各类果树与绿植。路旁数百年高大的香柏树葱郁夹道，凉意阵阵。园内到处布满了蓝色的水池与喷泉，水源来自附近半山腰的苏莱曼尼温泉，所以，一年四季，花园里的水都是恒温的，而且，这道天然泉水与整个建筑融为一体，形成花园水系，起到调节建筑温湿度与灌溉花园作用。

天堂的后花园也不过如此吧。当下，我不免臆想翩翩然。

但后花园也有太阳照不到的阴暗处。绕过主体建筑，隔着成行的香柏树，在一排土垒房的尽头，有一处门庭装饰简单的浴室。当年卡扎尔王朝的国王纳赛尔丁沙阿，在此囚禁他的首相卡比尔。

卡比尔是伊朗近代史上第一个推行现代化改革的政治家，被伊朗后人推崇为"民族英雄"。当时，由于他主张改革，实施推行了许多大胆而激进的政策，遭到恺加王朝宫廷内外保守派的抵制与陷害，从而失去国王的信赖，被罢免和放逐。浴室内一侧，情景性模拟展示着卡比尔囚禁和被割手腕杀害的场景。窄小的行刑空间，那些盛装献血的盆罐，犹如还在弥漫着浓烈的血腥味。

战争、死亡的鬼魅一直在人间阴魂不散的根源，也许就是人类的贪婪性在作祟。

走出浴室，我在阳光下大口地呼吸着室外的新鲜空气。这时候，最好有一支天籁的童音，来治愈一下略感沉重的心。在几棵苹果树前，我对自己说。

四、奥比扬奈

大巴车沿着并不平坦的盘山公路蜿蜒而上，一路扬起红色尘土。车窗外，不断晃过绿色植被。这个用石头、土坯和红色粘土建造的村庄，藏在卡尔卡斯山脉的一个山谷里，是伊朗海拔最高的居民山村。公路未开通前，说着古老巴列维语言的村民们，长年累月几乎过着与世隔绝的生活。因而这里也被称为伊朗文化的一块活化石。

小吴接着介绍说，这里虽然地处偏僻，但却是一处难得的绿洲。除了有大理石矿，还种植小麦，以及种栽石榴、苹果、杏子等果树。眼下，石榴还呈半成熟状态，要到11月初才能采摘。

把车停在村口，下车时，我们明显感到相比干燥的卡尚，这里空气湿润多了。一行人爬坡进入村落时，大家都有些气喘了，毕竟这儿有着二千一百米的海拔高度。

走过一座底下流动着汩汩山泉的小石桥，在村头几棵高大的榆树附近，有十多个土葬的墓。这里埋葬着两伊战争时当地牺牲的烈士。站在墓前的片刻，大家都没有说话。如果这时附近恰好有野花，我一定会去采下几枝，然后把它们的花瓣扬在风里、撒在土上。而此刻，我只能用泰戈尔的诗句，向天空祈祷："平和，我的心／让它不是死亡，而是生命一种完整形式／我向你鞠躬，再举起我的明灯，照亮你前行的路。"

村落依山而就。顺着狭窄的石板路小巷，我们慢慢往上走。两旁成排用红色砖土砌成的建筑，都是典型的古波斯山村民居。看到墙上有着大大小小的通风口，我不由纳闷，夏天蚊子不就自由出入了吗?

家家户户木门上都有我在卡尚宅院看到的铜制门环，一左一右，圆形与长形，分别男女。还不时看到有的宅门前高挂烈士的大幅彩照，这是他们的亲人。看得出，这些为国捐躯的人在村民，在家人心中的份量。

不经意间抬头，我看到卷起竹帘的宽大楼窗口，一个裹着彩色头巾、身穿印花裙子的老妇人，正扶着窗框向我们张望。玛赫迪告诉我们，这个村落的原居民都是马代人。

相传马代人最早属于游牧民族，住在伊朗北部的高原山区，早先因族人所产之马特别出色而闻名遐迩。他们有记载的历史可追溯到公元前 2400 多年，占据巴比伦后建立的马代国。马代人在《圣经》"旧约"中也有提及。

据说"伊朗"这个名字来源于某个神话中的土地名字,那么，倘若能在这个古村落里住上一段时间，说不定也能编出几段有关马代人的传说故事。我不免想入非非。

在小巷的一处分叉口，我们遇见一个穿着穿着蓝格子衬衣和黑色大灯笼裤，脖子上挂着一副眼镜，上衣口袋里插着手机，一头银发的年长村民。他看见我们，停下脚步，非常热情地向我们介绍着自己的村落。他听得懂英语，而且有随行翻译和小吴在，丝毫不影响我们之间的交流。

他指着自己的灯笼裤说，这是他们的传统服饰，当地已有近七千年的历史，而且前前后后出过四百多位著名的医生，分布在全国各大医院，还有过五百多名教师。他接着说，现在村里的年轻人大多都出外打工了，只有老人和孩子留守在此。然后，他指指自己，不无自豪地笑着说，他退休前是银行的行长。

一听这话，有人把身后的一位推了出去："这是我们国家下面的银行行长，同行啊！"不爱说话的小伙伴先伸出手去：Bank of China。于是，两双异国男人的手在这窄窄的山地巷子里紧紧握在一起。我们围在四周使劲鼓起掌来。

在小巷尽头的丁字路口，右手边有一个村里的清真寺。一位穿着同样黑灯笼裤，头戴白帽，外罩天蓝色滚边波斯传统服装的瘦小年轻人，自告奋勇地给我们做向导，带我们参观这个清真寺。

不少村民刚做完祷告出来，有几个还逗留在院子里闲聊，据说今天是在纪念战场上去世的烈士。如果没有战争，相信这些烈士应该是在自己村落的一方山地里，过着与世隔绝的平静生活。

穿着波斯蓝袍的小伙子，又把我们带到了他的家，一处同样用石头、红粘土和土砖搭建、门口有一条小溪流的传统村舍。只见家门口垒着高高的柴火垛，四个不锈钢柱子撑起了简易的厨房，不锈钢烤炉上正在烧着开水，炉里柴火正旺。几只黝黑的巨大水壶看上去已有年代感。

小伙子相邀我们几个坐在他家的露天道地木墩上拍照。之后，又把我们招呼到他的小店里。说是店，其实就是把他家面朝道地的一小间，用作向游客兜售小工艺品的卖点。在那里，我和一对上海小夫妻各买了一只手工缝制的小布娃娃。

小伙子很开心，这是他做向导赢得的买卖。

十美金的布娃娃，穿着他们马代人的传统裙子，一条从头裹到脚的大头巾上印满了大朵的玫瑰花，好似来自春天的小天使。

路过另一户村民的家门口，两个戴着宽厚银手镯的老妇人，穿着色彩斑斓的宽松花裙，一边跟我们笑着，一边叽里咕噜吆喝着卖苹果干和杏干。

七美金一袋的农家果干，马上被我们收罗得干干净净。此时，奥比扬奈对于我，是嚼在嘴里的一枚苹果干，清香、甜蜜，远离烟尘。

五、梅博德古城

由黄色土砖民居构成的梅博德古城，位于伊朗中部。据考古资料记载，这个城市已有六千年的历史，是世界上最古老的城市之一，也是古代丝绸之路的一个重要节点。

途中，我们在一个名叫阿特林的农庄午餐。这是一处蛮有特色的休闲餐店。门口有迎客桌，上面摆放着厚厚的古兰经，几个浸着玫瑰等花瓣的净手盆，孔雀蓝的花瓶里插着好看的白芦苇，一旁还焚烧着艾叶之类的香料。这大概是为客人洗尘的意思吧。

趁厨师还在准备午餐的空档，热情的店主人带着我们参观他的农庄。农庄不大，院子里除了绿植和果树，还种着玉米、辣椒、小番茄等菜蔬，以及白芦苇、蓝花草等观赏性花草。主人在地里弯下腰，摘了几片薄荷递给我们。带着清香的薄荷是伊朗人餐桌上少不了的调味品，薄荷饮料更是伊朗人的最爱。

另外，伊朗人还欢喜一种白色的传统饮料，它是将酸酸奶稀释在水中，用盐和薄荷调味，但我不太能适应那种怪怪的口感。

挨着菜地，圈养着鸡和孔雀。如果不仔细辨认，几只小小的白孔雀混在鸡群里，还真不起眼。拖着长尾的蓝孔雀、绿孔雀不时飞到高处，那里有人工搭建的树枝架。

偌大的餐厅里，宽屏的投影仪上正播放着一首伊朗歌曲，据说它是眼下伊朗很火的神曲《One Day》，充满磁性的天籁之音回荡在餐厅内。

餐食是自助的。投在餐桌上的阳光影子，装着各色菜肴与藏红花饭的美丽餐盘，入口丝滑的糖果色冰淇淋，印着花卉的波斯传统桌布，餐桌旁水声潺潺的小池，萦绕不绝的婉转歌声，如此氛围中的午饭，是我出游数日以来食欲最为大开的一餐。汪曾祺曾写道，"四方食事，不过一碗人间烟火"，我想，恰恰是由这碗烟火，人间才滋生这儿那儿的无数美丽情结，从而治愈人生旅途中的诸多疲惫。

至今，城内还保留着曾经的老驿站，在原有基础上，把它改造成极富古波斯风格的餐厅，接待南来北往的众多游客，并且让游客们品尝到伊朗传承了几千年的传统菜肴。古驿站邮局，古老的水烟壶，驿站中央可乘凉的水窖，色彩斑驳的波斯毯，透进阳光的圆形穹顶，各种细密的几何图案构成的建筑体，这一切，让人有一种置身于异域美术馆的错觉。看到门口墙体上让人浮想联翩的拴马洞，我的耳边仿佛又响起叮叮当当的驼马铃声。

梅博德古城分为古代要塞、沙雷斯坦和拉巴斯这三部分。

拉巴斯是指郊区。比肩接踵、构成古城主体建筑的土砖民居，属于沙雷斯坦。而所谓的古代要塞，就是位于城市中心的纳林古堡遗址。早年的古城分为三个阶层，最高的城堡里住着王族，城堡四周住着达官贵人，而最外圈才是平民老百姓。

正因为智慧是人类区别于其他动物的显著标志，所以，即使处在干旱的沙漠地带，富于创造力的波斯人，照样能让自己具有适应自然环境的能力。城中有名的冰屋，早先是波斯人的蓄水之处，到了卡扎尔王朝时，改造为储存冰块的圆形冰窖。由于伊朗的冬季夜间室外温度很低，人们就在冰屋外竖起厚实的高墙，然后把水灌满露天水池，水就会结冰，再把冰储存在穹顶下的容器里，留作夏季取用。

中东地区的秋季，气候特别干燥，雨量稀少。顶着大太阳前往古堡，需要经过一段四周空旷、毫无绿植与遮挡物的沙漠地带，对于我这生长在风调雨顺的华夏江南人，不得不说是一种难得的体验。灼热的太阳光似乎分分秒秒都想把人体的水分烤干。我们几个女生唯一的办法就是戴上口罩、裹紧头巾，加快脚下的步伐。

遗址大门口的牌上显示城堡有近四千年历史。但据当地人说，城堡地基已有七千年历史。相传很久以前，它是由精灵们建造的，属于所罗门王。传说毕竟犹如天使的羽翼，只属于星月闪烁的天空。我眼前的古堡，建在几十米高的土丘上，呈现不规则的椭圆形。整座主体建筑分上下三层，有多座堡垒、瞭望塔以及烽火台，是伊朗现存最古老的土砖建筑结构，虽经岁月侵蚀而严重风化，但这座古波斯时期的重要防御工事，在当时用固若金汤来形容它，毫不为过。

城堡的缔建可以追溯到公元一世纪的帕提亚时期，以及前伊斯兰时期的最后一个波斯帝国——萨珊王朝，在莫扎法尔王朝时期进行了大规模的修复，并且在城堡周围挖建了深深的护城河。不难想象，曾经，无论是艳阳高照的晴日，抑或星月交辉的子夜，将士们英武的身姿，屹立在沙漠高高的城堡中央。

拾阶而上，只见黄土坯垒起的城堡大门高处，清晰可见的雕花尚未被风化模糊。从一层到最高层，需要顺着小道盘旋绕行。尽管一些抢救性的钢管支架沿途设置，但许多岌岌可危或已坍塌的建筑，还是令人唏嘘不已。

在一处据说是国王的夏季宫内，两根颀长的圆木，交叉支撑着宽大的窗框。遥想当年，国王在此宴请得胜而归的将士们，觥筹交错间，宫廷曼妙舞者柔臂伸展、丽影旋转，胜利的欢呼声此起彼伏。此刻，仿佛婉转抒情的音乐再度响起，我不由踮起脚尖，在宽大的石榻上轻试舞步。

夕照之下，整个土黄色的城市笼罩在一层黄灿灿的金色中，恍若穿越回古波斯。别样的没落与苍凉感，在苍穹下犹如一张巨大的金黄色基调油画，竟也呈现出一种摄人心魄的震撼。

回到大巴车上时，我趁兴写下一首《纳林城堡遗址》小诗：

残垣断壁仍在呻吟
走向宿命的坍塌在烈日下沉默

沉默不了的
是萨珊，是穆扎法尔
远去的帝国王朝在各自的时空里
点亮城堡缔造者的名字

黄砖黏土夯起一座纪念碑
与历史宫殿齐名的远不止
一个烽火台，几道护城河

这个炎热而荒凉的午后
中国舞探出脚尖
轻敲一张古波斯夏季宫皇榻

这一夜，无数雪白的鸽，从梅博德鸽子塔腾空而出，在我异国他乡的蓝色梦境里飞了一宿。

六、伊斯法罕

伊朗第三大城市伊斯法罕，曾经作为继阿契美尼德王朝、萨珊王朝之后的波斯第三帝国——萨法维王朝的首都，富有浓郁的阿拉伯色彩。伊斯法罕从波斯语字面上理解，意思为军队。古时候这里是军队的集结地，所以城名由此而得。

因为对当地的历史怀有比较浓厚的兴趣，所以每到一处，拿着小本随记的我，几乎成了翻译小吴的跟屁虫，唯恐漏下某段故事。性格温和，永远带着一副笑脸的小吴，也总是乐意解答我的一些疑惑，当然，他常常需要侧身去询问地陪玛赫迪，再回过头来认真告诉我。

　　小吴伊朗名叫侯赛因，大家觉得"hussein"的发音比喊"小吴"更为顺口。小伙子是国内宁夏回族自治区的少数民族，祖祖辈辈信奉伊斯兰教。2010 年，他来到伊朗求学，学习波斯语种。学习四年后，在德黑兰应聘担任伊朗国家广电总台的中文主持和新闻播报。疫情期间他回到国内，去年再次来到德黑兰，做些翻译工作。他告诉我，疫情后整个伊朗的经济，包括旅游等行业还在慢慢复苏中，他已失业一段时间了，这次是他跟团翻译工作的首秀。小吴虽然不熟悉导游这行，但他憨厚的个性，慢条斯理说话的嗓音，跟伊朗人一样永远挂着微笑的脸庞，还是赢得了我们一众小伙伴的好人缘。

　　下车前，我已从小吴的介绍中，对这个城市有了大致的了解。这座文化古都，之所以享有"伊斯法罕半天下"的美誉，跟波斯萨法维王朝的第五位国王阿巴斯一世，有着千丝万缕的联系。这位伟大的阿沙，通过一系列的改革，使萨法维王朝达到了全盛时期。

　　由于阿巴斯一世本身就是一位画家，特别推崇艺术，其在位时期的绘画、建筑、纺织、雕刻、手工艺品等波斯艺术成就达到了新的高峰，因而也吸引各国的使节、学者、艺术与商人云集都城，更使得当时伊斯法罕的经济、文化等空前繁荣。

　　伊玛目清真寺，也叫"国王清真寺"，是中东地标建筑。它的图像被印在里亚尔纸钞上，它的入口和拱顶照片也经常出现在伊朗的旅游刊物上。当我真正走近它的瞬间，我只能用"惊艳"两字来形容当下的视觉冲击感。

占地一万七千平方的清真寺是伊朗人的骄傲，它被称为世界最伟大的建筑物之一。内外均用深蓝色基调的瓷砖镶嵌，整个建筑朝着伊斯兰教的圣城麦加方向，所以镀银的大门与两侧高耸的宣礼塔有一45度偏角。正门是典型的伊朗壁龛结构，上面有一大圈孔雀蓝的螺旋状花纹，它的寓意代表"人生轮回"，以及类似于佛教所讲"善有善报，恶有恶报"的因果论。高达三十米的门上写有一些伊朗诗人的诗句，四周几何花朵呈规律排列簇拥。这些用瓷砖镶拼的图案和上面的书法，均由过去伊朗的著名画家和书法家完成。在我眼里，铺天盖地的图案如同万花筒般迷人，而上面美丽的波斯诗文，则是舞动的灵魂，美妙而灵动。

空间巨大的清真寺，分割有许多小空间，每个都有独立主题。相较于欧洲清真寺的人文艺术气息，伊玛目清真寺的的魅力除了美轮美奂的双层拱顶，则来自于几何图案的嵌套艺术。各种几何图形，经过不同的排列组合，形成以穹顶为核心、繁中有序的美丽图案。

正对着穹顶的祈祷厅地面上，有一"回音石"。玛赫迪说，双脚站在石上，你若击掌，便能听到回声。我好奇地站上去试了一把，也许是鼓掌不够力道吧，似乎听不到什么回声。应我们要求，寺管理员叫来了一位伊斯兰教徒，他认真地站在回音石上，唱诵起古兰经。随之，四周响起了嗡嗡的回声。旅途中，除了小吴教的萨拉姆（你好）、玛勒西（谢谢）和乎达哈菲兹（再见）这三个词，我听不懂半句波斯语，更不用提经文了。但此时，我却能感受到唱诵者蕴含的虔诚之心，在弥漫的回声中跳动。

在伊斯法罕，像国王清真寺这样称得上伟大的建筑艺术品远不止一二。建于公元 11 世纪、被列入联合国世界文化遗产的"聚礼清真寺"，是世界最大、最古老的清真寺。每到周五，伊斯兰教的信徒们聚集于此，举行集体祷告，所以也叫做"礼拜五清真寺"。它的伟大之处，主要在于囊括了萨珊、萨法维、塞尔柱、蒙古特色等四座不同时期风格的宗教建筑，各个方位用马赛克通体装饰的伊万门，足以抵挡岁月的侵蚀。所谓伊万门，就好比我们中国古代的城门，只不过我们门洞顶部是粗大的木梁，而古波斯宫殿或清真寺的大门，则是用砖券顶拱门。

站在迷宫似的建筑内，有那么一会儿，我屏住呼吸，聆听若有若无的风从远古穿越而来，穿过照在寺院厚实墙面上的阳光，穿过我似乎变得透明的身体，而后消失在壁龛后，消失在长廊更深处。

四十柱宫，同样堪称一绝。这座皇宫，占地近七万平方的花园是阿巴斯一世建造，而宫殿则是阿巴斯二世完成。我们所看到的，已是战火后重建的宫殿。顾名思义，支撑门廊的二十根柏木，高十五米，倒映在廊前清澈的水塘中，从远处观望，形成四十柱虚实相连的独特景观。据说原来每根木柱上都镶嵌有玻璃，每当阳光照射在上面时，发出璀璨夺目的光芒，只可惜后来均遭战火毁损。

二十根木柱顶上的藻井和壁龛以及大门檐口，都用玻璃嵌拼成各种几何图形，只觉美得不可方物。

关于这些玻璃的来历尚有故事可循。传说当年国王派遣宫内大臣和工匠去意大利学习建筑装潢技术，并带回装潢所需的玻璃。结果，回途中工匠一不小心把玻璃打坏了。聪明的能工巧匠灵机一动，把碎玻璃裁成各种各样的几何图形镶嵌，反而收到了想象不到的艺术效果。

宫殿大厅有六张保存完好、色彩鲜艳的大壁画，大到每张铺满整个墙面。壁画用细密画创作手法，描绘的都是古波斯战争与和平的故事，历经数百年，壁画上密密麻麻的人物形象仍栩栩如生。周围墙上还有一些小壁画，玛赫迪说，那是《一千零一夜》里的故事。

他的话音刚落，一个激灵，我猛地意识到，我之所以无所顾忌执着于伊朗行，也许，潜意识里就是为了给那些伴我长大的中东神话传说"寻亲"来了。

早就听闻伊朗高原上有一条名叫"扎因达鲁德"的河流。"扎因达鲁德"在波斯语中是"赋予生命"的意思。千百年来，河畔两岸一直居住着伊朗人民，而且据考古佐证，六千年前，就有强悍的尼安德特人生活在该河畔的岩洞里，也就是说，扎因达鲁德河畔拥有着史前文明。而伊斯法罕共有十一座桥梁，横贯在这条伊朗最长的河流之上，成为城市靓丽的风景线。其中，哈鸠大桥与三十三孔桥是最具有代表性的两座古桥。

由于堵车，我们到达哈鸠大桥时，错过了最美的夕落时分，但黄昏的时候，炎热退却，晚风徐徐，我们边欣赏边散步，也属惬意一桩。

在桥头石墩落座喝水之时，边上有个年长的伊朗老伯热情地用英语向我问好。于是，我端出仅有的英文水平，跟老人家攀谈起来。当老人笑着说他是小学退休老师时，我也开心地告诉他，我是中国女孩们的舞蹈老师。接着，我打开手机，给他看孩子们的课堂照片，老人家也递过来手机让我看他和老师们与学生的大合照。抬起头时，我俩不约而同地相视而笑。

现在还没到雨季，扎因达鲁德河呈干涸状。河滩上，桥上桥下，人们一处一处，或散步纳凉，或谈情说爱，俨然休闲的好去处。

砖石结构、有双层拱隆的哈鸠大桥，建于阿巴斯二世时期，全长虽仅百米，却是伊朗乃至全世界的著名桥梁。它是当年国王纳凉与宴请的夏季宫，同时又具有水坝功能，桥上的滑动闸门可控水流，必要时抬高水位以灌溉农田。

隔着桥面，大桥中央各建有半个三角凉亭，拼起来就成为一个造型独特的大凉亭，人们将其称为"国王会客厅"。

坐在拱隆石阶上，穿堂风不时吹动我蓝色的纱头巾，抬头望见顶上的彩色瓷砖与古老绘画，大有"今夕不知何年"之感。一两诗情泛滥中，分行以记。

哈鸠大桥

此刻，一道弧线闪烁星辰眼波
神灯、头巾、建筑
河滩上聚集波斯片段

也聚集情人的呼吸

一层，两层
伊斯兰魅惑嵌入每一片瓷砖
国王的故事不够冲泡纳凉的红茶

萨法维王朝在身后多么遥远
17世纪的客厅依旧敞亮夜色

吹过拱隆的风在谁的纱巾上风情
灯火阑珊处是徘徊的脚步

等待雨季
等待，扎因达鲁德河
干瘪的胸膛再度鼓胀
像黑袍下丰腴的乳房

　　华灯初上时，国王会客厅与二十四个拱隆闪耀一片橙暖色。一弯拱隆好似一弯明月，在夜色中兀自成景。

七、亚兹德

　　阿米尔恰赫马格广场，是亚兹德的城市地标建筑。夜色中的广场，三层拱廊的阿米尔恰赫马格清真寺灯火辉煌，两座高高的宣礼塔尖直冲漆黑的夜空，望去，犹如童话里的城堡。

除了一些游客，广场上最多的就是当地人了，或草坪，或长椅，有三三两两相伴的，也有安安静静独处的。几个当地孩子不时在亮着"YAZD"字母的灯架上爬上爬下，乐此不疲。稍加留意，我发现了一个跟我们国内明显不同的有趣现象，就是这些嬉戏的孩子身边，并没有家长在盯着扶着，唯恐孩子有什么闪失。除了不时溜过广场的夜风，除了喷水池轻重间或的哗哗声，四周找不出一处高声喧哗的角落。眼前景致，让我想起了一句话，"闲适、安宁里，藏着你最想要的生活"。

古城在亚兹德的中心区。弯弯曲曲、纵横交错的小巷子很狭窄，两旁都是土砖泥墙的老房子，没有门牌号。我们第一次去古城的时候，是在太阳直晒的午后。走进古老的巷子，除了路口有一家卖小零食和冰棒的小店，和一家开着门却没有咖啡卖的咖啡屋，几乎看不到人影，家家户户的门都紧闭着。越往里走越感觉炎热和荒凉。若不是终于见到有几个晒得黑不溜秋的小男孩，在来来回回骑单车玩，我们都以为这是一座无人光顾的被遗弃的古老空城。

然而到了晚上，当我们再次走进古城时，呈现在我们眼前的是与白天迥然不同的另一番光景。如同灰姑娘在仙女的魔法棒下脱胎换骨，所有的灯都亮了，古老的巷子在橙黄色灯影的映衬下，散发出神秘的气息。人来人往，白天人迹罕见的古城一下子变得充满生机。

旋律优美的波斯音乐从门庭洞开的酒吧传来，我们闻声而入。伊朗人禁止饮酒是伊朗革命后的规定，甚至有听说当地人因屡次喝酒被抓，最终受到判处死刑的严惩。所以伊朗的酒吧里是喝不到酒的，只有果汁与饮料。圆顶建筑的酒吧看上去是由小型清真寺改装，室内有好几个壁龛，装饰得很有文艺范。室外的灯光和墙贴，包括 WC 的彩色玻璃门，都透着几分浪漫情调。露天庭院里有卡座，类似于我们的东北炕床，当地人脱鞋上炕，盘坐而歇，或喝茶啜饮，或闲聊私语，悠悠哉不亦乐乎。

在一处小巷深处，我们还见到贴着世遗图案的坎儿井展示馆标记，醒目在黄色的土墙上。遗憾的是当下闭馆着。留有遗憾并不是坏事，或许，它更让旅途增添回味的念想吧。我对自己说。

乍听"寂静塔"这个名字，不知道的人还以为是哪个带有诗意的观光点。其实，它是早前拜火教教徒的天葬台，在远离城市的亚兹德郊区，废弃已有五十年之久。在荒凉和干燥的沙漠之上，两个短而粗的烟囱似的砖石建筑，寂静地伫立在山坡上，这就是天葬台。在我们视线的左边一个超过一百八十年，右边的则稍短些，但亦有百年史了。

在景点一边游览一边听小吴讲典故，也是一个学习的过程。讲到拜火教，他对我们娓娓道来。起源于古波斯的拜火教，是人类最早的宗教之一，教徒们信奉光明战胜黑暗说，所以火焰是他们祭祀的对象。目前，尚有二十万伊朗拜火教教徒，分散在世界各地，通常有着双重国籍。小吴还讲到，金庸写的《倚天屠龙记》里面的明教，其实就是拜火教，而书中的中原武林第一美女黛绮丝，便是带着传播波斯拜火教教义的使命而来。由此可见，金庸老先生当年写明教的故事，并不是凭空胡扯，原也是有根可寻的。

从山脚到天葬台需要经过一段长长的石阶。那时候，去世的拜火教教徒若是正常死亡的，则由家人把尸体背上去；而如果是非正常死亡的，便由这儿的扛尸员背上去。拜火教认为，人去世后，一些不洁之物还附体在尸身上，需要让秃鹫之类的禽鸟去啄尽，免得污染大地。

天葬台周围有高高的围墙，彼时，除了祭祀和扛尸的人，其他人包括死者家属也是不能进入的。一直到革命后政府严禁启用天葬台，这里才被废弃，成为游客的观光点。站在最高处俯视，可以看到下面平地上有十一个建筑群。小吴说，由于当时整个伊朗的拜火教分散在十一个区域，这些建筑群就是在天葬仪式时，分别接待来自不同区域教徒们的场所。

尽管拜火教曾作为伊朗三个朝代的国教，现如今，伊斯兰教已取而代之，但在亚兹德火神庙里的拜火教"圣火"，历经1550多年，依旧不曾熄灭。这火焰，犹如阿拉丁神灯，永远闪烁在波斯的历史殿堂。

八、设拉子

毫无疑问，设拉子是我们此番伊朗旅途到访的四省六市中，最富文艺和浪漫气息的城市。波斯最伟大的两位诗人哈菲兹和萨迪下葬于此，设拉子的"诗人之城"名副其实。

小吴说，伊朗人家里基本都有两本书，一本是古兰经，另一本就是哈菲兹的诗集，足见这位"设拉子夜莺"对伊朗民众的影响力。哈菲兹在世界诗坛中，也享有举足轻重的地位。"你是一艘张满风帆劈波斩浪的大船 / 而我则不过是在海涛中上下颠簸的小舟。"德国诗人歌德的诗句中，充满了对哈菲兹的敬佩之情。俄罗斯诗人普希金也深受其影响，他在《仿哈菲兹》一诗中写道："但是我恐怕 / 在战争之中 / 你将受到另一种损害 / 从此丢失了羞怯的谦谨 / 那只属于稚子的美将永不再来。"

每年 10 月 12 日是当地的哈菲兹纪念日。我们到达莫萨拉花园，进入哈菲兹陵园时，虽说距离纪念日还有数天时间，但专程前来祭奠诗人的社团或游客已络绎不绝。

陵园中央，建有一个墨绿色拱顶的凉亭。据说这个拱顶是特意按照哈菲兹生前最喜欢戴的帽子形状设计。拱顶下安放着诗人的汉白玉灵柩，棺盖上镌刻着他的诗句：来到我的墓前 / 就请许下个愿 / 我的陵寝 / 是全世界修行者的家园。

就在我们逗留凉亭的片刻，不时有伊朗游客进来，一边抚摸着棺盖上的诗句，一边用波斯语诵读着。小吴告诉我们，他们诵读的是哈菲兹的诗或古兰经。

我从未听闻世界上哪个墓地有如此魔力，吸引着四方游客纷沓而至，而在莫萨拉花园的哈菲兹陵墓，我亲眼目睹，因为一个神一样存在的诗人名字，使之成为网红般的所在。

粉红清真寺

与你的邂逅

只需一道晨光

从头到脚

裹满设拉子催眠

天堂魔力

在光影里生出翅膀

这是我在莫可清真寺内趁兴而写的一首小诗。

这个以粉红著称，始建于19世纪卡扎尔王朝，花费了十二年精雕细琢出来的清真寺，是设拉兹的又一处世界网红点。除了跟伊朗所有闻名遐迩的清真寺一样，具有美丽的波斯建筑艺术风格之外，它的神奇之处就在于，当阳光投射在外墙的彩釉上，继而穿过五色玻璃窗，整个祈祷大厅就如万花筒一样的绚丽，墙上、地毯上都变幻出五彩斑斓的光影。

在参观过程中，我们还了解到，当初在建造清真寺时，工匠在砖砌结构中加了木块，这就使得建筑增添了缓震作用，之后在色拉子遭遇的一次地震中，屹立不倒，完好无损地保存至今。

在这里，置一本古兰经于跟前，你可以什么都不做，什么都不想，静静地坐在华美的波斯地毯上，任凭透过玻璃花窗的阳光，随着时间流动，不断变换五彩光影，把你整个包裹在梦幻深处，久违的少女心在跳动。

当我将印着粉色小碎花的拖地长袍，交还给门口裹着黑长袍的工作人员时，天空的太阳已爬上寺院的宣礼塔，而那些充沛的阳光，继续在这里制造它们的粉红魔力，吸引着更多慕名而来的游客。

在设拉子市,我们还有幸受邀前往当地的民居家进行家访。

这是一家坐落在市区的普通居民,主人是位老物件翻改工匠,颇具艺术天分。具体说,就是一件老旧物件,经过他的精心翻修与艺术加工后,使之成为新的艺术品。

我们脱鞋进入铺满波斯地毯的居室时,还没落座,就被居室内独特的陈设物品所吸引。有用过时的老电视外壳打造的小型书架,由旧喇叭打造的摆件,带有铜环的古老箱子改建的沙发桌,旧凳子加工的沙发椅等,还有男主人自己设计的一些工艺品,琳琅满目地展现在我们眼前。

客厅挂着的一盏中式吊灯引起了我的注意,仔细一看,发现它上面还有中文的古诗句,不免令我惊喜有加。除了中式吊灯,客厅一侧还有一台中国七八十年代的蝴蝶牌缝纫机。从男主人的收藏中,看得出这位文青属于一位妥妥的中国粉丝。

不大的客厅一面墙上,挂满了男主人及其家人的生活照。其中,有结婚照、有旅游照、有家庭聚会照,还有男主人与美丽的妻子各自的童年照。看上去,这是一个和睦团圆的幸福之家。

男主人的母亲,一位戴着眼镜,披着灰黑相间、饰有珠子的纱质头巾,穿着浅灰色洋装的伊朗婆婆,脸上挂着"伊朗式"的微笑,端出水果和自制的餐食招待我们。

浓眉大眼、五官轮廓凹凸分明的男主人很年轻,是个典型的文青。他和我们一起盘腿坐在地毯上,用伊朗的传统手工弹拨乐器波斯塔尔,为我们现场弹奏了一支古典乐曲,以及一支他自己创作的现代乐曲。而后,小伙子又起身从书架上抽出一本哈菲兹诗集，翻开书页，为我们唱诵起来。我们虽然听不懂波斯语，但从他发光的眼睛，和表情丰富的唱诵中，能感受到他对诗人、对作品的热爱。

夜深了。当我们意犹未尽起身向母子俩告别，迈出充满艺术气息的房间时，几颗星星在头顶的夜空中明亮着。我不由默然感慨起来。只要徘徊在这个城市的任何一个角落，属于设拉子的诗意，就会如瀑般，漫过你的身体。

次日，在培育有五百个玫瑰花品种的伊尔姆花园内，我看到了心心念念的哈菲兹诗集，它们有好几个装潢精美的不同版本，每一册都沉甸甸的，陈列在花园中的文创馆出售，我选了一款封面有花鸟铜雕的精装本，翻开，每一页都漂浮着浓郁的玫瑰香，哈菲兹的波斯诗文在其间舞蹈。

柜台处，美丽的伊朗女生小心翼翼地包装着诗集。同伴笑言，是否有学几年波斯文，再来读它的念头？我轻声回道，闻着它们的芬芳，自然就懂了。

九、自由塔下

"这是我的孩子，一个八岁，一个快两岁了。"

跟随游侠客团队在伊朗的最后一天，德黑兰四十五米高的自由塔下，地陪玛赫迪打开手机，指着照片上的两个男孩，操着生硬的汉语，满脸堆笑地告诉我。

这个穆斯林男人身上典型着伊朗速度，说话慢吞吞不急不躁，做事情慢吞吞不急不躁。包括跟随我们整个旅程的两个本地司机也是这样的个性，几乎每天都是集合齐整的我们要等上不少时间，才等来笑容灿烂的俩来开车门，让我们哭笑不得，在无可奈何中尽情感受伊朗人民的慢节奏生活作风。

刚刚迈进 10 月的德黑兰，依旧炎热干燥如同夏季。明晃晃的午后秋阳，照在玛赫迪黑黝黝的脸上，浓密的络腮大胡子上泛起一层浅浅的暖光。

"小儿子长得好可爱哦！"我看着照片上萌哒哒的伊朗娃娃，忍不住夸奖说。"像我老婆的"，1 米 87 个头的玛赫迪抬起头，长睫毛下的眼睛迷成了一条线。

"大儿子像你的。""是，像我一样帅，哈哈。"玛赫迪冲我调皮地眨了下眼，大声地笑了。他接着说，出来十多天了，我要回家了！

是的，我们也要回家了。转头，我望向塔前正在拍照留影的一众小伙伴。

一阵风跑过自由塔周围的绿草地。我赶紧裹紧宽大的头巾。在伊朗的这些天，随乡入俗，我已习惯了出门不忘头巾这一头等大事。

植绒的纯白色纱质头巾，是我在伊斯法罕伊玛目广场边的大巴扎，用三百万里亚尔买的，大概相当于人民币五十大洋左右。每个角都垂挂着白穗的头巾，配上宽宽松松的及踝同色长裙，飘飘然走在当地街上，融入感油然。当然，混在满大街中东帅哥美女中的中国脸，在闭关锁国的领土上的被辨识度一目了然。难得见到外国人的伊朗人民，对中国游客的热情度可不是一般的高，在各个景区甚至大街小巷，常有当地人相邀我们一起拍照合影，而且非常乐意我们的镜头对着笑逐颜开的他们拍摄。

我一直认为，衡量人的幸福指数，笑脸就是一杆秤。而伊朗，这个在世界历史上成为第一个横跨亚欧非三大洲的波斯大帝国，这个跟华夏民族发展历程相似、历史文明起源甚至略早于中国的世界文明古国，这片饱经战乱悲怆的国土，至今，人们仍赞誉其为"微笑的国度"。这个国家的人民，用笑脸彰显着他们民族的善良、热情、美丽、淳朴与幸福感。

抬头，自由塔倒 Y 形的建筑，如一双天神的巨翅，在浩瀚的碧空下将息静候。我这个舞者也忍不住展开双臂，一个横叉，在草地上作飞翔状。

由二千五百块白色大理石筑就的塔体，不仅象征波斯帝国二千五百年岁月，也赋予了革命后的当代伊朗人追求自由与和平的精神象征。远处连绵的厄尔布尔士山脉，如忠实的卫士，守护着千年城堡。

"世界是和平的，人类是自由的，只有爱，只有互助，才能达到永久的安乐与和平。"此时此刻，目光作笔，我将涌上心头的冰心语录，大写在德黑兰一尘不染的蔚蓝色晴空。

后记：

从伊朗回来有两个月了。期间，伊朗旅途中的花絮，常常在我一整天的忙碌之后，于未央的子夜里，呈片段式浮现在眼前。我便也断断续续地把它们记录下来。每写完一段，我就先

发给《中国旅游文学》公众号的总编张老师看。张老师笔名悦父，
意为"快乐之父"，所以，我总想把开心的事分享给属于快乐
的人。我也发给一起去伊朗的小伙伴们看，重温旅途时光，不
失为一件美好的事。前日，我还把其中一段"去伊朗看一看活
化石"，发在《绍兴晚报》上。另外一段"梅博德"，也将在《青
年文学家》12月（上）杂志上发表。毕竟记录可以让许多记忆，
不再慢慢淡却。

　　今日写完第八个篇章，这近二万字的游记，算是告一段落
了。虽然还有几个小故事未曾交待，譬如，回到德黑兰之夜，
司机的八岁侄女已等了我们好几个小时，只为将她刚获得的一
枚全国少儿攀岩比赛冠军奖牌，展示给中国游客看；譬如，我
们刚刚遭遇了一次飞机机舱门故障事故，升空五分钟后，用了
四十五分钟重返地面，四小时后，再次从设拉子飞往德黑兰，
总算有惊无险的经历；譬如，说着一口流利英语的伊朗美女导
游玛丽，不戴任何头巾，高唱着婚礼曲，带领我们走过千年古
兰经之门；譬如……

　　就让它们在此文中"留白"吧。我想起了杨水土老师在他
的画室里教我的一句话，"空白处自成妙境"。拉开窗帘，窗外，
阳光甚好。

2023.12.8

于大滩六号院

美国小记

一

2024 年 4 月 18 日。萧山机场。

一周前，提前查看了近期洛杉矶、丹佛、旧金山等地的天气。相比浙江，温差较大。出门前夜，把 28 寸拖箱内的行李一减再减，还是塞了不少衣物，唯独没带衣柜里的漂亮衣裙。领队邹老师提前说了，此番学习时间紧凑，估计没什么时间穿你们的旗袍和靓衣。

其实，对我来说，除了一年里几次节假日，以及忙中偷闲的朋友小聚，平时基本就是奔走在家、课堂的两点一线间。更多时候，是直接穿上舞衣，披一件外套就出门。来去匆匆间，穿脱漂亮衣裙是给自己找麻烦。当然，好看的舞服除外。譬如此次出门学习，早早就给自己下单新添了两件舞衣。关于课堂形象，大抵是每个舞蹈老师的执念吧。

本来箱子里还带上了旅行水壶，最后还是狠狠心把它"减负"了。在美丽国酒店没热水喝没啥大不了。

出发。就像同行的彤彤老师说的那样，"什么是勇敢，不要回头看"。

香港国际机场。

美联航的值机，必须先自行在电子柜上登记填写，包括选机上座位。现场有十几个柜供旅客使用，还有几个工作人员可提供操作帮助。电子柜上提交登机资料后，再去值机柜托运行李和取机票。

傍晚登机时，太阳已然落山。偌大的机场四周亮起了灯火，星星点点，仿若旅人远方的梦。远处，山峦即将进入黑色的沉睡中。

起飞了。从机舱窗口望出去，几尾岛屿半隐半现，出没在落日余晖映照的香江上。晚归的渔船，正拖着长长的航线返港。江岸，已是灯火通明。

二

直飞 13 小时后，抵达美国洛杉矶机场。来接机的，是邹老师在丹佛的中国朋友 Terry。他看上去大概四十多岁，戴着棒球帽，穿一身休闲运动装，笑起来八颗牙齿全露，看到邹老师就来个拥抱，很美式。据说 Terry 原先是国内新东方的老师，十多年前来到美国，开了一家英语教育投资公司。作为一名华人英语教育家，Terry 此次是客串一把我们在美期间的随队翻译。

Terry 帮我们一行七人安排了一辆超长型商务车，方便我们在洛杉矶数天内的出行。

到加州的第一餐，是去酒店途中，在一家越南餐馆解决的。都说随乡入俗，这里的越南菜也迎合了当地人的喜好，偏咸偏甜。Terry 说，这是美国人的饮食习惯，所以，当地患心血管疾病的人较多。我点了一份虾面。在国内，走哪，虾面都是我的最爱。特别是家乡——水乡绍兴的河虾面，那是"鲜得眉毛都要掉下来"。

虾面端上来了。只是与吧台图片上诱人的大虾大有出入。几根香菜下面，除了几片咸得够呛的火腿肠片，以及同样咸劲十足的几只虾干外，就剩下汤面了。于是，捞了几勺汤面后，跟店家要了冰水，疯狂地喝。

同伴们都要了越南咖啡喝，据说它是世界级"网红"饮品。平时对咖啡有点小过敏的我，不敢贸然品尝，继续喝我的冰水。老美喜欢喝冰水，吃生一点的牛排。Terry 告诉我们，如果牛排烤成十分熟，当地人就把它叫做"垃圾食品"。结账时，看到小票上除了 $15.95 的餐费外，还有 $1.63 的小费。美国有小费文化，餐厅、酒店等服务行业，付小费一般是账单的 15—20%，这是约定俗成的规矩。呵呵，随乡入俗。我对自己说。

离餐店不远有一家规模较大的超市。饭后，Terry 带我们步行前往采购水果。加州的水果，诸如橙子、樱桃、菠萝、牛油果之类，以优良的品质和口感闻名世界，当然不可错过。

晚 7 点多，正是当地夕阳西下时。落日余晖下，棕榈树就像一只只巨大的手掌，径直向外伸展。蓝调的光线下，剪影如画，来往车辆川流不息，而我们，正步行在陌生的加州西海岸。一切，就像一首诗里所写那样，"每个人在自己的时区有自己的步程"。

三

来到洛杉矶的第二天，我们驱车前往格里菲斯天文台。天文台建在好莱坞山顶，是洛杉矶的一个标志性建筑。

据说早在 19 世纪末，一位名叫格里菲斯的威尔士移民，捐赠土地后又建造了天文台，由此得名。

顺着台阶，可以走到天文台高处的圆形平台。这里不仅可以俯瞰洛杉矶城区景观，而且有数架天文望远镜，供游客免费体验，分别可以观测太阳与星星、月亮。如果是晴朗的天气，这里还是看日落、看繁星的好地方。据说这里的夕阳，美到不可方物。所以，这儿素有"全世界最浪漫的天文台"之称。只可惜我们来得不是时候。我看看薄雾笼罩的四周，再抬头望望阴云密布的灰白色天空，此刻，扶光、望舒、宵烛们，它们在遥远的古诗里演绎着自己的美丽。

尽管是阴天，站在天文台山顶，还是可以清楚地看到，对面好莱坞山坡上巨大的白色英文字"Hollywood"。这便是好莱坞标志，至今已有百年历史。天文台是好莱坞大片的取景地，许多好莱坞大片，诸如《黄金眼》《霹雳娇娃 2》《爱乐之城》《变形金刚》等等影片，都曾在这里有过拍摄。

洛杉矶是西班牙语"天使"的意思。所以，美国人也把洛杉矶称为"天使之城"。山上，在一对金色的天使翅膀铜像前，小伙伴们纷纷摆拍留影。这个季节，满山的松树上，都挂满了个头硕大的栗色松果。附近，不时看到可爱的小松鼠快速地窜来窜去。或许，它们已习惯了人类的身影与脚步声，毕竟这些来了又走的不速之客，仅仅是它们世界里的路人甲，如果来自苍穹深处的光可以折叠成五线谱，它们，就是蹦跳其间的小蝌蚪。当一阵清冽的山风迎面吹来时，我捡起了滚落在脚旁的一颗松果。吹去上面的泥粒，我又蹲下身，把它轻放在树下。

一只松鼠从不远处山崖上的松树上溜下来，发现了这颗松果。只见它绕了松果一圈后，竟然慷慨地拂尾而去。也是，属于它们的家园里，粮仓丰盛，不愁它们吃喝呀。一霎那，眼前仿佛有画面出现：微风中，隐隐传来马勒的《第三交响曲》，密集而碧绿的松针轻轻摇曳，抱着松果的小松鼠蹲坐其间，它的背后，橙红色的晚霞高过天使之城，高过好莱坞天际线，在天空燃烧。

山脚的格里菲斯公园，过往的游人并不多。草坪一侧的山道旁，有撑着彩色遮阳伞、卖水果的小车。小车只露出四个车轮子。最上面是玻璃货架，里面是去皮的各种水果，放在高高的冰堆里。下面用铁皮包围，铁皮上喷绘着诱人的水果。一位墨西哥女人正笑容可掬地兜售她的水果切。小伙伴买了一份给大家品尝。只见一杯红黄白相间的水果块上面，撒了一层红色的酱料。Terry 说，那里面有辣椒粉、柠檬汁和自制的辣椒酱。我用竹签插了一块芒果，咬上一小口，味蕾瞬间感受到了酸辣甜的混合味道，这便是传说中的墨西哥黑暗料理风味。看来墨西哥人无辣不欢确实到了极致，连水果也不放过。

公园里还有汽车摊位。车顶上各种款式的棒球帽排列成行，车身四周挂满了大大小小的 T 恤和钥匙圈，一看就是专门向游客出售的。只可惜游客零零散散，不多。望去，这些游客有的穿羽绒服，有的穿短裤短袖，我再低头看看自己穿的防晒小斗篷，想起了国内的一句谚语——"三、九月乱穿衣"，不禁哑然失笑。

四

洛城。我们所住的汽车酒店名叫"Aspire Inn Studios & Spas"，门头高高的圆形黑白 Logo，貌似中国易经的阴阳太极图，只是少了鱼眼，多了一棵有根须的象形树。中间露天停车场，周围三层楼的客房三面相连，像极了电影《速度与激情》中的西部牛仔汽车酒店。

我和彤一个房间。客房内比较宽敞，横条木组合的床头背景也装饰着酒店 Logo。房间浅色系软装看上去干净简洁。

"明天八点半在停车场集合去买咖啡。"

"明早我们要去洛杉矶市区（星光大道，好莱坞标志，比弗利山庄等著名打卡点）。"

"大家随身携带防晒霜和配搭好衣服。"

"下午会去洛杉矶最大的奥特莱斯购物，然后下午会去海滨小镇，然后晚上入住圣地亚哥的酒店。"

临睡前，我看到 Terry 在群上一条条留言。白天出游累了，我搁着枕头就入睡，睡梦中似乎有敲门声。

早上醒来，听彤问及有没听到半夜敲门声时，我弱弱地回她，"可能是醉汉吧。""反正不开门便是自己的安全地带。"我提高嗓门说。"怕了吧？"彤边穿鞋便抬头笑着说。"嘿嘿，睡得像死猪时不怕。"我拉起行李箱对彤说。

　　酒店不供应早餐。在前往星光大道前，Terry 带大家去好莱坞附近的一家星巴克买咖啡。

　　洛杉矶属于温带地中海气候，全年气候温和。上午还是感觉有些冷飕飕的，大家都穿了卫衣之类。Terry 的果绿色针织线衣颜色比我们的抢眼。他把连衣的帽子拉起来，裹住了整个头颅，跟我们说话，就不方便转头，需要把整个身子朝向我们。他把双手操在裤兜时，感觉就像一只怕冷的绿毛小鸭，造型可爱又滑稽。

　　跟我们国内的星巴克不同，店里没有设置堂食的区域。店面也不大，柜台里三个服务员正在忙碌。四周的墙根前，站满了等候的老外，其中不乏穿着怪异的男男女女，以及暴露大胸光腿的女人。来之前 Terry 吩咐过，洛杉矶的公共场所，类似同性恋人士等见怪不怪，大家别去招惹和行注目礼便是。

　　跟大家一起站在店的一角，喝着热热的咖啡，吃着烤得焦黄的面包，一下感觉身上暖暖的。

　　离咖啡店不远便是星光大道。太阳光已然撒在路旁楼房的窗台上。洛杉矶高楼层不多，更多的是二、三层低矮的楼房。据说整个洛杉矶中心，一共只有二十多栋高楼。这时候，满大街都是来来往往的人群，好莱坞星光大道上也不例外。水磨石地面上，粉红色镶金边的星型奖章排成长队，每颗星都代表一位伟大的好莱坞艺术家，中间刻有他们的名字，以此纪念他们对世界娱乐工业的贡献。共计有二千五百多颗星，沿着好莱坞大道十五个街区，以及藤街三个街区的人行道延伸。三个奥斯卡金像奖标志的小金人，伫立在好莱坞大门口。在离开星光大道前，我在电影《西蒙妮》主演蕾切尔·罗伯茨的星星上，让手上的咖啡杯和穿着白跑鞋的双脚入镜，以示纪念。

好莱坞旁就是中国城的广场，此刻，广场上已搭好了舞台，听说有影星到场。中国城的偏门出口处聚集了许多追星族，男女老少都有。边上有两个金发女人，高举着写有影星名字的欢迎牌，一脸兴奋状。一问，是母女俩，一对妥妥的追星粉丝。

附近有好莱坞蜡像馆。绿巨人浩克、玛丽莲·梦露，等等，那些经典影片中的偶像人物蜡像，吸引着众多的游客不时与其合影留念。

傍晚，Terry 带我们去一家中餐馆吃晚餐。途经海岸，正是日落时分，Terry 示意司机靠边停车。我们几个随 Terry 下车，飞快地奔向太平洋边。打开手机，黄昏美得炫目的天空，出现在镜头里。最上面，灰白与墨色相间的云层下，隐约露出深蓝色的天空底色。下面是热烈的橙黄色晚霞，火一样耀眼。海滩上有好几个人在玩滑翔伞。在晚霞背景的衬托下，他们如彩色的大鸟腾空飞翔。

赶到中餐店时，夜幕早已降临。只见店门招牌分别用中英文写着"湘村人家"和"Taste of Hunan"，门口张贴着"湖南米粉"的海报。在洛杉矶，看到汉字亲切感油然。

芹菜炒肉片、凉拌莴笋、河虾干炒韭菜、拌茄子、红烧素鸡，还有一大盆酸菜鱼以及白米饭，面对一桌子中式饭菜，几天没吃中国餐的小伙伴中，有人开心地喊道："Terry 万岁！"大家都笑了。

五

洛杉矶圣地亚哥当地艺术博物馆，位于全美最大的城市公园——巴尔博亚公园内，有人称它是"无论何时都是春天的迷人的艺术之城"。主要展出一些崭露头角的加州艺术家的创作作品，在油画色彩与艺术造型的视觉撞击中，加州艺术家独特的创作灵感，于他们的作品中跳跃。

我在一幅巨大的油画前停下脚步：一大群裹着头巾的中东女人男人们，低垂着头，看不到他们的五官和表情，黑压压地挤在室内，而无数彩色的光柱，正从屋外、屋顶，四面八方地照射进来，仿佛要唤醒他们。只有中间一张摘去头巾的脸，抬头睁大着眼睛，张着嘴，作呐喊状。整个封闭的场所，貌似人类的三维空间。画面感非常强烈，给人留下思考的二度创作。

展厅里还有一些实物造型艺术作品。譬如，各式古老的冷兵器尖头向天，嗖嗖吐着阴气。插在垒起的玉珠里，那些玉珠恍若出土文物，制造得极具年代感。一处场景就恍若一个刚从地下出土的古代故事，马蹄声、厮杀声也随之出土，呼啸而来。令人遐想。

还有一个作品，我也觉得颇有创意。一块缀着几根银色装饰绳编、类似于披肩的巨大彩色织巾，挂在白墙上。一侧前景立着一尊高大的人偶，戴着平顶皇冠，衣着犹如中国古代西域楼兰王族，人偶的肚子里是一个长方形的木框，里面有一个包裹严密的人。这一下子让我联想到 80 年代我国出土的三千八百年前的"楼兰美女"。这不就是一个有关中国汉朝时期的故事吗？

展馆最后一排展厅，四面墙都是大幅的玻璃窗，窗外就是浩瀚的太平洋。最令人叫绝的设计，便是每一面玻璃上都开了镂空的正方形，就像一个天然镜框，而海景就成为这镜框里活生生的风景画。此刻，这些风景画内，海浪吐着银色的泡沫，一排接一排，前赴后继地涌上沙滩，又退回到海洋。海水是绿色的，碧玉一般，深浅不一。一望无际的洋面上，许多鸥舒展着翅，忽高忽低地来回滑翔。几棵高大的棕榈树立在海边，它们的树叶在轻柔的海风中缓缓摇曳着。粉紫的、淡黄的小花一坡一坡在岸边开放。

推开博物馆后门，可以去晒日光浴、看海。这时候，一只鸥立在后门的低矮围墙上歇息，抑或晒日光。见我们过去，也不躲避，只是慢悠悠地踱着方步。

沿着长长的海岸线，边看海景边行走，不失为一件快意之事。

沿途长满了成片的白色小雏菊，以及一种我从未见过的花植，它有着巨大的紫色花棒。当下打开手机问度娘，回答说，其学名蛇鞭菊，又叫猫尾花。顾名思义，花棒的形状确实有点像猫咪发威时膨开的尾。更高处，一大片金黄的旱金莲，在加州的阳光下肆意地绽放着，成为这太平洋长长海岸线上，一道醒目而靓丽的风景线。

往前走，在一处海湾，见到了密密麻麻的海狮群。这儿俨然是它们的繁衍歇息之地，沙滩、礁石、海岸，到处是海狮憨态可掬的身影。据当地有关部门统计，洛杉矶的海狮数量，约有400—800头。看着海边相隔不远，彼此互不打扰的海狮歇息处与人类活动区域，我竟沉迷于这种自然物种和睦共存的温馨场面，而驻足痴望。是的，地球本就属于一切生命，而且，"人类根本不是万物之冠，每种生物都与他并存在同等完美的阶段上"，尼采说得恰如其分。

这时，不远处的一头海狮，扭着圆鼓鼓的肥胖身体，从沙滩滑入了海水中。

六

圣地亚哥机场。一早，我们准备飞丹佛，在博而德学习为期一周的舞蹈进修课程。

机场不大，但给我的印象是井然有序。设在机场大门口的行李托运处，给乘客们提供了便捷服务。

候机厅安置了许多三人一组的立体座位，还有行李位。如此，看上去既科学美观，又节省了空间。

跟大多数国内外的候机厅一样，这里也有星巴克。美国"星爸爸"的份量较足，一份大杯相当于我们国内的超大杯。Terry在群里说，他在那排队，帮大家买咖啡。我喝不惯美式，要了拿铁。对于我来说，这么一大杯拿铁，可以消闲2小时又18分的飞机行程。

上机刚落座，我与小伙伴雨诗相隔的中间位子，进来一位高高大大、一脸络腮大胡的老外。运动短裤外露着满是汗毛的长腿。他看上去很 man，却给我一种奇怪的压抑感。靠窗位的我礼貌示意之下，跟他交换了位子，坐到了雨诗旁边，立马有了安全感。

此次赴美学习的一行七人，都是浙江舞蹈机构的管理者。三十多岁的雨诗也不例外。温柔恬静的她，手腕上戴着宽大的藏银手镯，上面有莲花图案。见我在注意她的手镯，雨诗笑着把手镯内侧掰给我看，只见里面密密麻麻刻满了小字。

"是心经。"她轻声告诉我时，一张看不到任何风霜的年轻的脸上，却有着同龄人少有的沉静。

"在四川的一个寺庙里请的。"她摩挲着手镯继续说。

雨诗又说，她随身带着地藏经，每天早上起来后都会抄写。

我有些诧异，之后便是敬佩。没想到一个 80 后城市女性，却是一个虔诚的佛教信徒，这令我意外而感慨。看着坐在位子上打开笔记本，全神贯注地写课堂教案的雨诗，我想起泰戈尔曾经写过的诗句："信仰是鸟儿，当黎明黝黑时，就触着曙光讴歌了。"

"昨晚丹佛主场洛杉矶湖人。"

"最后以 114 比 103 拿下了第一胜。下周一第二场还是在丹佛打。希望能够再下一城。"

"想看。"

"你们酒店离球场好远的。"

"想看，有多远呢？"

"一个小时左右吧，塞车就不好说了。"

"昨晚电视直播我看了。"

……

关手机前，我看到邹老师与彤、小漆在群里的对话。

七

2小时18分后，准时落地丹佛机场。出机场大门，清新的空气扑面而来，远处白皑皑的雪覆盖着连绵起伏的雪山，这就是被称为北美"脊骨"的落基山脉。Terry说，昨天刚下过雪。

地理资料上说，落基山脉是北美洲的重要山脉，横跨美国与加拿大两国，由许多小山脉组成。关于落基山的山名，还有个小故事。传说早前山脚生活着一支印第安部落。因为山地光秃秃没有植被，部落的人就把这山叫做石头山。石头英译为rocky，这部落也随之有了rocky之名，后来此名扩及为整座山脉。

来接机的是Terry公司的合伙人。她是一位在博尔德投资创办幼儿园的教育家。邹老师向我们介绍着这位脸上架着秀气眼镜，举止斯文的华人女子。

从机场到博尔德，大概40公里。如果不堵车，一小时左右就到了。Terry说。但事实上丹佛区域很堵，来往车辆塞满了原本并不狭窄的道路。我们缓慢地行进着。

途中我看到建筑物屋顶竖有绿色十字架，就问Terry这是什么标志。他说，这是卖各种大麻制品的商店。科州是美国第一个允许零售商销售娱乐性大麻的州。也就说，在这里，大麻交易是合法的。"合法大麻，是这座城市潜在的摇钱树"，有人这么说。

博尔德虽只是落基山麓下一个安静而美丽的小镇，只有十来万居民，却是美国首屈一指的大学城，而且多次在美国摘得多项第一的桂冠，譬如，美国最幸福城市、最宜居城市、最健美居民城市、平均学历最高城市等。这里有科罗拉多博尔德分校，有美国的大气研究中心 NCAR，有许多高科技公司。这里还是出了名的运动之地，镇上的居民从小孩到老人都喜欢运动，攀岩、骑行等，都是当地人热衷的户外活动。另外，它也属于美国北部排名靠前的旅游小城。全美有七个下雪最多的城市，包括博尔德，于是博尔德周围就有了大大小小的滑雪场。

驶离丹佛市区，道路跟着畅通起来，也许是因为连日奔波，也许是因为离海拔 1600 多米的博尔德越来越近，我晕车了。后来开始不停吐，吐得昏天黑地，顾不上看车窗外的山野自然风光了。

我们下榻的酒店，是全美连锁酒店排名 No.1 的"万豪"。一开心，本来吐得无精打采的自己，又来了劲。特别是看到近一百平方，又有开放式宽敞厨房的双人房间时，我差点又想喊 Terry 万岁了！因为在美国的十数天，吃、住、行都是 Terry 提前安排好的。

贴心的邹老师，提前让朋友准备了好吃的中国餐，打包送到酒店。吃着对胃口的餐食，大家都忘了车马劳顿的辛苦。

稍事休息后，Terry 和邹老师带我们去博尔德城市艺术学校报到。

　　从酒店到学校只需步行五六分钟。街边栽种了许多紫荆花。眼下正是花开时节，地面上落满了粉紫色的花瓣。一阵风吹来，树上的花瓣又纷纷扬扬飘落下来，如同花雨似的。

　　相隔紫荆，人行道旁还有成行的英国梧桐。抬头望去，细嫩的翠绿色芽叶已爬满了枝条。湛蓝的天空与白色的游云，填补着树枝间的空隙。

　　校园的艺术氛围浓厚，四周围墙以及教学楼外墙上，画满了色彩鲜艳的大幅墙画，都是比较前卫的现代派风格。高大的树上，几只个头很大的黑乌鸦，不时发出嘎嘎的叫声。

　　在学校前厅，学校负责人和教导处的老师接待了我们。有Terry和英语通邹老师在，我们跟校方的交流畅通无阻，还一起合了影，之后又带我们参观舞蹈房。

　　在其中一间教室门口，负责人指着贴在门上的大幅海报告诉我们，学校有专业芭蕾舞团，这间就是他们平时的排练房，近期他们又要在博尔德剧场演出剧目了。我看到海报中央写着醒目的剧目名 SPRING GALA，大概是"春天的盛宴"之意，下面有演出日期，是 2024 年 5 月 2 日。

　　我们的教室是舞房（3）。和这里的其他舞房一样，室内没有过多的装潢，宽大的镜面、浅灰色塑胶地板、木把杆，简洁、大气。期待着明天的课程，看着镜子里的自己，踮起脚尖，我在心里说。

　　傍晚，Terry 在群里发了我们一周的学习课表，以及各位任课老师的介绍。其中有 Audrey 老师、Julie 老师、彼得·戴维森老师、贾雷特·拉沙德老师、马凯拉·华莱士老师等五位老师。

八

早上醒来，看时间才6点多。纱窗外的阳光，已活泼泼爬满了楼墙。虽然上课时间是10点，但还是不敢在床上赖很久。7点准时起床。洗漱完毕，跟彤一起去一楼餐厅吃早餐。

酒店没有中国的白米粥，但有燕麦粥。我在粥里加了蓝莓、杏干等水果干，然后冲上冷的牛奶，一大碗。有放在冰块上的去壳鸡蛋，一小袋两只，外加红提、草莓等新鲜水果，营养足够。学习期间，首先得保证自己身体状态好，特别是在这有海拔高度的博尔德。

盘好发，背上包，上学去。走在清风拂面的路上，看着不远处的落基山浸染在阳光里，感觉自己又回到了学生时代。

人行道上，我们遇到了还在睡觉的流浪汉。Terry叮嘱过，路上若有流浪汉或醉汉，一定别拿眼神去招惹。我们远远地绕道而行。

去得早，学校大门还没开。校方规定，提前到学校就走后门。后门不远处就是落基山，可以看到明晃晃的阳光照着山顶的雪。

进门，走上台阶，是长而窄的走廊。走廊的一侧是墙，上面张贴着学校绘画班学员的作品。另一侧是一排挨着的舞房。从后门过来，我们的教室在走廊尽头。

上午是古典芭蕾。没有专门的更衣室，大家去卫生间换了舞衣。回到舞房，几个人站在镜子前彼此欣赏，各式各样的芭蕾舞服，美极了。

上课前，一位个子娇小的华人女子进了教室，微笑着自我介绍，她叫 Lily Pan，中文名潘丽丽，是我们的随堂翻译。说话间，潘丽丽已脱下外套，露出了好看的紫色吊带舞衣。在后来的课间交流中，我大致了解了丽丽的一些情况：少年青年时代学习过舞蹈和艺术体操，移居美国后自 2003 年在朗蒙特芭蕾舞学校学习芭蕾舞二十多年。期间担任美国中文学校舞蹈老师十八年，后在朗蒙特芭蕾舞学校任舞蹈老师。她不仅是舞蹈老师，也是一名女中音歌手，参加过科罗拉多丹佛市春节联欢会，科罗拉多大学、怀俄明州大学、加拿大蒙特利尔华人春节联欢会等多次演出。在今年 2 月美国 NBA 中场时，她与她的华人舞蹈队友们，上场表演了中国民族舞。她还给我看她在美国职业篮球赛上独唱的视频。看到视频中唱着美国歌曲，盘髻、穿中国红旗袍的丽丽，我想起了那句歌词："我的祖先早已把我的一切烙上中国印。"

离上课时间还有五六分钟，芭蕾老师进了课堂。瘦瘦高高的个儿，消瘦的脸，深亚麻色头发盖住了额头。

"彼得·戴维森（Peter Davison），来自加利福尼亚州圣莫尼卡，十二岁时学会杂耍，开始了他的表演生涯。彼得以综艺艺术家的身份在洛杉矶各地表演，十八岁时在电影《世外桃源》（Xanadu）中饰演杂耍演员。与吉恩·凯利。1980 年，彼得搬到科罗拉多州博尔德，在那里他开始了正式的舞蹈训练，并成为 Airjazz 三重奏的创始人，该三重奏将舞蹈、戏剧和物体操纵的独特组合带到了雅各布枕头舞蹈节和约翰尼·卡森的《今夜秀》。 自 20 世纪 90 年代以来，Peter 进行了个人巡回演出，并出现在 CBS、BBC 和 Fox 电视网络上。 他曾作为舞者在科罗拉多州的多家公司演出，2004 年至 2015 年期间，他担任博尔德芭蕾舞团的联合艺术总监。 他的编舞曾在博尔德芭蕾舞团、科罗拉多新芭蕾舞团、大卫泰勒舞蹈剧院、圣保罗芭蕾舞团和科罗拉多莎士比亚戏剧节等演出。彼得还曾获得 New Choreographers on Point 颁发的 2009 年芭蕾舞建造者奖，并因此在纽约市进行了演出，获得了《欧洲舞蹈杂志》和《纽约剧院场景》的好评。"这是课后，热心的丽丽给我的一份关于彼得老师比较详尽的介绍。

课堂中，彼得老师从基础的美式芭蕾基训教起，不论是把上还是中间练习组合，他都一招一式讲解与示范，又不厌其烦地一遍遍带我们进行练习。

把上练习时，有个动作是从五位手躬身下再起，彼得老师就用口哨声表示动作要求的丝滑度，非常风趣。随着悠扬的钢琴练习曲，我们跟着彼得老师从把上组合，再到中间练习组合，与其说是学习，不如说是享受，享受身体与芭蕾优雅的对话。一个半小时的课堂时间从延伸的指尖、脚尖下悄然溜过

九

"一会儿上课别迟到了，下午课比较长，大家多带水，多带点能量补给。"午间，Terry 在群里跟大家说。

"一点上课。"彤提醒大家。

1:00—3:00　Jazz with Jarrett Rashad。我看了一眼课表。下午爵士课的老师，是贾勒特·拉沙德。

这位 Jarrett Rashad，曾是内华达大学拉斯维加斯分校的驻场现代舞艺术家，并在多个全美知名的工作室、音乐学院和表演艺术中心任过教，至今，他作为丹佛艺术学院、科罗拉多芭蕾舞团、博尔德芭蕾舞团和 Collaboratory Complex 等多个团队的教学艺术家继续激发灵感，同时，他作为 501c3 Jarrett Rashad Dance Theatre 的艺术总监，为科罗拉多州及其他地区的社区，孜孜不倦地提供着艺术服务。

我跟同学们在前厅休息处一边吃着简餐，一边阅读 Jarrett Rashad 老师的介绍文字。阳光射进宽大的落地玻璃窗，照在身上暖暖的。透过窗户，可以看到街对面运动户外店活力橘的外墙，在这个安静的午后格外显眼。

小伙伴把我从大厅沙发上叫醒时，我一看时间，快到 1 点了。赶紧回到教室，在练功服腰处扎了件外套，换上了爵士舞鞋。

Jarrett Rashad 老师进来了，很准点。是位黑人老师，黑衣红裤短卷发，黝黑发亮的肤色，看上去非常阳光和健康。他露着一口大白牙，满脸笑容地跟我们打招呼。

音乐起，我们跟着老师基训练习。平时中国舞老师们很少接触爵士，所以一开始感觉像是在上体育运动课，学起动作来比较生硬。但 Jarrett Rashad 特别亲和和风趣，一直微笑着面对我们。每段练习结束他都会大喊一声"耶"，以示鼓励。

连续两小时的爵士舞运动，我们都已大汗淋漓，舞蹈服也已汗津津黏在身上，可自始至终在前面示范带领我们，边喊边跳的 Jarrett Rashad，看上去玩儿一样，还是那么精力充沛，就像一门结实而不知疲倦的小钢炮。

接下去的几天学习，我们领略了几位老师各自不同的教学风格。比如 Audrey 老师的爵士舞课堂动感活泼；而 Jarrett Rashad 老师的课则是节奏感强烈，课堂上身体像是会燃烧；彼得老师会带你进入优雅而浪漫的舞蹈体验中；马凯拉·华莱士老师将古典学院派与现代芭蕾相融合。对我触动最深的则是当代舞 Julie 老师的沉浸式教学模式，启发学生课堂二次创作，重视个体的灵感发挥。为此，我还专门写了学习心得发在群里，与小伙伴们交流。

当代舞课，是我最喜欢、也是受教与感触最多的课堂。

首先，老师亲和力凸显。两个小时的课堂中，她始终面带让人无法抗拒的微笑，让我很快消除面对陌生老师的紧张感，以放松的精神状态投入课堂学习。

其次，老师的教学方法随时都以鼓励与赞赏为主，点燃我们的学习热情，让我们以更饱满的学习积极性和自信心贯穿课堂，从而提升学习效果。

第三，也是最重要的一点，教学过程中，老师给到学生的是一个学习组合的框架，她告诉我们，可以往里面扩充自己的东西。她引导和触动我们的课堂灵感，并随时给予肯定，从而使得教学过程成为学生二次创作的实操课。

第四，老师的当代舞课具有疏导情感的疗愈魔力。在关掉教室大灯，点亮手机灯的氛围营造中，让我们瞬间沉下心，不由自主地去寻找身体里的自我，通过肢体流畅表达，并与舞群、与想象中的场景意识流交融，使得当代舞的课堂意义水到渠成。我们完成作业的时候，连课堂翻译 lili 小姐都激动地说，她看哭了。

虽然每次两小时的当代舞课，我们从身体到心理的消耗量很大，但淋漓尽致的感觉让每个人都直呼"好爽"！

我将牢牢记着 Julie 老师教导的那句话：你，是这世界上的独一无二，无可复制。

十

每天下午下课后，我们在回酒店的路上，都会顺路去超市买些菜和水果带回房间。超市里有各种新鲜蔬菜、生牛排、鸡蛋、牛奶等等，还有半成品的各种米饭。小伙伴们都是烹饪高手，买回牛排自己煎。我最喜欢一种海鲜蔬菜米饭，里面有大虾和红绿青椒，在锅里放点黄油，稍焖一下就能吃，味道不错。我做了蒸鸡蛋，只是买的海盐颗粒大，化不开，两次让邹老师一起来房间吃晚饭，她在蛋羹里都吃到了海盐，让我歉意不止。买的冰冻虾都已去头，做菠菜汤时放一些，口感甚佳。在美学习期间，能有条件下厨做点中餐喂自己，也算是一件庆幸之事。

NBA 的篮球赛因为晚间的安全问题，最后被邹老师阻止了。几个东方舞蹈老师晚间出动，确实会让领队邹老师心有余悸。

最后一天课堂前夕，Terry 在群里发了次日的学校安排：

9:30—11:00 芭蕾

11:15—11:45　open rehearsal to watch company 观摩芭蕾职业演员的排练

11:45—12:00　perform for shower 在 baby shower 派对上表演展示

12:00—12:30　enjoy cupcakes, snacks, lunch 和美国舞蹈演员社交吃点心

1:00　contemporary with Julie 下午现代舞。

关于派对，Terry 作了解释，是芭蕾中心的三个女老师都怀孕了，校方为她们举行的庆贺活动，特地邀请我们去参加她们的 baby shower。Terry 说，除了感受一下美国 baby shower，让我们在间隙给她们带来一场中国的舞蹈表演，促进中美双方的舞蹈艺术交流。

次日，因为中午的活动，所以我们的课提前了半小时。早餐，我尝试吃了连日来一直没去碰的熏肉，还好没什么怪味。感觉自己在逐渐适应西餐中。炒蛋是淡得近乎无味，几天下来也习惯了。

给自己盘了个典型的江南风发髻，看起来跟中午要表演的古典舞《江南情》更搭一些。

从餐厅的玻璃窗望出去，此时，街道上来往的车辆渐渐多了起来。新的一天又开始了。

11 点芭蕾课一结束，大家以最快的速度，各自换好了表演服。

Terry 通知大家到 1 号舞房，也就是艺术中心芭蕾舞团的

排练厅。

走进舞房，只见演员们已在排练中。我们在长长的木凳上坐下来，此时，周围很安静，只有音乐声和演员们的呼吸声，以及芭蕾舞鞋尖落在塑胶地板上的腾腾声。

我数了数，这是一个七人团队的剧目，包括一个 A 角男主和 A、B 角女主、四个女伴舞。坐在另一木凳上的编导是位男老师，除了上下场放音乐，他还在本子上不时记着什么。

演员们跳得很投入、很美，也很辛苦。特别是男主。托举加双人舞、单人舞，大段跳下来一退场，他就整个躺在地板上，我们隔着半个排练厅的距离，仍能清晰地听到他大口大口的喘息声。

女 A 主的芭蕾舞技，用一个字来概括，便是"炫"。只是看着她好瘦呀，基本就是一具骨头架，可以明显看到她上身的肋骨顶着舞衣，脸上也瘦到脱相。她舞起来，就像几根线条在移动。也许，这就是传说中的瘦成"一道闪电"吧。确实，舞蹈本身就是一门残酷的艺术。

排练结束，我们自然报以热烈的掌声。这个"春天的盛宴"马上就要公演，相信他们一定能收获更多的掌声和鲜花。"我之所以比别人更成功，只是因为我比别人更努力"，爱因斯坦早就下过定论。

从排练厅出来，我们去参加为准妈咪们准备的派对聚会。中方交流团领队邹老师，先向在场所有人介绍了中国舞文化与特色，接着，我们依次进行了古典舞、傣族舞、藏舞、蒙舞和中国舞教材组合的展示表演。为了这次展示，来美后，小伙伴们利用课余时间，已准备了好几天，从剧目串连，到音乐、服装等细节，大家都花了不少心思，目的就是为了向美国同行展示中国丰富多彩的民族舞蹈艺术。

就像美国著名的脱口秀主持人奥普拉所说，当你真心想要一样东西的时候，你身上散发出来的就是那种能量的振动频率，然后全宇宙就会联合起来，帮助你达到你想要的东西。展示演出后，博尔德城市艺术中心向"浙舞风华"发出了邀请函，邀请中国舞蹈老师们于明年博尔德芭蕾节上，跟他们的芭蕾职业演员们同台演出。听到这个消息，我们都开心不已。

只是美中不足，刚刚完成排练的艺术中心芭蕾舞团演员们，缺席了我们的展演现场。当时我们还有些纳闷，明明挨着的舞房，就这十五分钟，真的因开会挪不出时间吗？事后才知，起因还由我们而起。舞团演员们拒绝来展演舞房，是他们刚才的剧目排练展示过程中，我们其中的个别老师，多次只顾自己低头操作手机，被他们编导和演员看得一清二楚，所以他们以此抗议中方老师的不礼貌行为。邹老师知晓后，特地为此事向艺术中心负责人作了道歉。事后，邹老师召集我们所有人开会，就此事进行了严肃批评与教育。

由此可见，良好的举止行为与习惯，在日常工作、生活、学习，乃至社交活动中的重要性不容忽视，特别是像我们这样的境外出访学习交流，是代表着中国形象，如果不拘小节，就会出现本不该出现的状况而留下遗憾。

在博尔德的最后一堂芭蕾课，还是彼得老师来执教。他像往常一样，说话轻轻、幽默风趣，消瘦的脸上带着浅浅笑意。

彼得在课堂结束前都会带我们跳一段礼仪性的组合，这次也不例外。最后，他让我们仿照"四小天鹅"的出场动作，与他一起手牵手拍照留影。我把昨日表演过的江南布伞，还有一把团扇送给了彼得老师。团扇是出发前我给美国老师们准备的。

此刻，彼得老师把布伞柄顶在脸上，玩起了杂技秀。教室了顿时响起一片掌声和喝彩声。

当晚，我在笔记本上，写下一首小诗《在博尔德芭蕾舞房》，以纪念此次博尔得的课堂学习。

踮起脚尖
就能听见翅膀与音乐的摩擦声
比风丝滑

梦幻精灵从木质把杆上苏醒
伏在赤裸的后背碾转

如果，丛林麋鹿
在回眸的时空里眷恋
那些执着的呼吸
一样，在旋转的纱裙中缠绵

一朵中国舞伞花开合时
落基山顶的雪，还没有融化

十一

邹老师说，来博尔德一趟，最好玩的除了滑雪，就是去珍珠街淘小矿石。学习一结束，小伙伴们便欣欣然前往珍珠街。

从酒店去珍珠街不是很远，我们是步行前往的。来博尔德后，每天忙于上课，大家都还没有好好逛过这个小城。靠近珍珠街的街区，宽阔的马路两旁，都挨着相隔一定距离的独栋民居。这些民居建筑设计各不相同，但门前都有庭院或花园，用白色的或本色的木栅栏围着。这个初春的季节里，好些院子里的花树都盛开了，让这些安静的私人住宅看上去温馨感油然，如同一幅幅好看的写生画。Terry告诉过我们，珍珠街附近都是富人区，房价高昂。

珍珠街的步行街上，基本都是商店。街道的花圃里，各色郁金香开得正盛。街头的小木牌上有珍珠街历史介绍。

博尔德最早的原居民，是印第安部落的Arapahoe人，他们生活在博尔德溪岸边。而这条溪从落基山流淌下来，穿过博尔德城。Arapahoe人跟山上的野牛群一起生活。每年春天，他们随牛群迁徙到东部平原，夏天来临前再回来。18世纪时，科州掀起淘金热，白人来到博尔德开矿，并雇佣当地的印第安居民，于是，这一带越来越有生活气息。可以说，珍珠街是由当时采矿的印第安人打造的。

街上有一家叫做"TRIDENT"的书店，里面有咖啡吧。若有闲时，大可买杯咖啡，然后安安静静坐下来看书。

步行街众多的商店中不乏品牌服装店，但以户外运动系列为主。毕竟，这里是享有盛名的运动小镇。

就像邹老师说的，对我们来说，最具吸引力的还是几家商铺里原石之类的小玩意。博尔德商店里出售的大小矿石没有假货，只有价格牌。我们在各种琳琅满目的小矿石和原石饰品前，挪不动脚了。那些晶莹剔透、各种色彩的巨大水晶石，仿佛从《一千零一夜》的故事里飞来，在我们眼前闪烁着神秘的眼波。各种精巧的水晶小戒指更惹小伙伴们喜欢。从店铺出来时，每人手上都戴满了"战利品"。

餐食店在珍珠街的另一条街区。逛累了，大家就想找中餐店补充能量。在一家"周妈妈"华人餐厅内，鸡汤面、肉夹馍、炸酱面，来美后第一次捏到筷子的一干人，吃得不亦乐乎。结账时，每人平均17、18美刀，属于大众消费。

"大家明天早上会去 Denver 市中心游览，下午有雨的时候我们在室内的艺术奇妙体验馆，然后雨停了出来溜达一下去吃鹿肉。""明日轻装上阵，不要大包小包即可。"晚上临睡前，照例看一下"大保姆"Terry 的明日安排内容。

十二

早上去一楼吃饭时，发现窗外纷纷扬扬飘起了雪花。咦，Terry 不是说今日有雨吗，居然下雪了。一会儿手机上也传来了邹老师发的视频语音："今天这个雪好大，大家要多穿一点哦，好冷！"邹老师住在丹佛自己的家里，每次来我们这需要开四十几分钟的车程。

大家吃好早餐没多久，Terry 在群里呼了："一辆黑色的 Toyota，车牌是 ALVW38，大家动作稍快点儿，司机一分钟就到酒店门口了。"说着，司机就到了。

　　"马上，上楼拿件羽绒服，有些冷，一分钟哦。"群里雨诗留言。

　　"大家到了先上车，别让司机等着，我在目的地的大门口等大家。"Terry 说。

　　"齐了，出发了。"彤跟 Terry 报备。

　　"完美。"Terry 说。

　　车窗外的雪越下越大。有风的缘故吧，雪是斜着下的。路边的植物上都挂满了雪。道路也被一层雪覆盖，车轮碾过，留下几道长长的印痕。看着外面被雪模糊的城市，邓邓姑娘在车里嚷了起来："好浪漫呀，好想在雪中谈恋爱！"几人听了都笑了起来。

　　下车，穿过雪帘，我们几步就跑到了廊下，纷纷抖落身上的雪花。

　　"我们到了。"彤在群里说。

　　"我来了。"Terry 说。

　　"大家进店里，店名是 restoration hardware，我正在往里走。"Terry 又说。

　　"科罗拉多州丹佛　丹佛 2900。"Terry 发了个定位，"大家一进门就能看到我。"

　　"我们在这里。"雨诗发了张我们站位的照片。面对这数层楼的丹佛商厦，要碰个头着实不容易。

"我来碰大家。"Terry 说。

Terry 找到我们后，带着大家在商厦四处逛。没一会儿，大家就各自走散了。Terry 只好在群里说："我们 12 点在一楼碰面。"

我对奢侈品一向并不热衷，平时也没什么时间应酬，家里的几只所谓品牌包，还有手表，更多时间也是锁在衣帽间落了个寂寞。所以在商厦给家人买了礼物后，就跟着 Terry 和小伙伴走马观花，采风似的游览，全然没了前日在珍珠街淘小原石的热情。

从丹佛商厦出来，我们来到附近的一家美式餐厅用午餐。餐厅需要排号，没有轮到号的客人只能在外面等，但我们没等两分钟就进去了。Terry 悄悄告诉我们，这是给服务员塞了点钱的"成果"，原来在美国也有"走后门"的套路。

餐厅里很安静，没有喧哗声。店里种了不少芦荟，用低矮的磨砂玻璃相隔，后面便是餐区。高处一些绿植垂挂下来，衬托着原木色餐桌，给人清新的感觉。我点了份鲜虾菠萝黑米饭，进门时照顾我们桌的女服务员换了个男的，Terry 说是因为我们没点酒水，她少了提成，所以她有拒绝为我们桌服务的权利。这就是美国文化，Terry 说。

男生躬身很殷勤地把菜单递给我们。了解了店里的规矩后，为照顾服务员的情绪，Terry 替我们点了两杯饮料。

大家的餐食端上来了。已经过了饭点，饥肠辘辘的我们静静地把各自的午餐吃了个一干二净。我的海鲜菠萝饭跟想象中一样好吃。看了账单，Subtotal 27.95，Tax 2.24. 加小费一共

30 美刀。Terry 说，这是丹佛最普通的大众消费水平。我想，华人如果在美国挣钱回国消费，一定是种美好的体验。

<h1 style="text-align:center">十三</h1>

"在丹佛冒着雪排长队感受'喵狼视觉艺术沉浸式体验馆'。票是 Terry 在网上事先购买的。这体验馆在美国一共有 4 家，除了丹佛，另外 3 家分别在纽约、新墨西哥和拉斯维加斯。这是美国艺术团体'Meoy Wolf 喵狼／喵喵狼'在丹佛打造的最新奇幻装置空间，我们在里面犹如进入了梦幻般的森林与沼泽地。一共有 5 层，3—5 层为奇幻空间，2 层为餐厅，1 层是大厅。感受中。"在喵狼体验馆一楼的某个角落，趁着等候小伙伴的间隙，我在手机上写道。如此奇幻装置空间，或许更适合假期的孩子们。比起打造出来的主题空间，我更倾向于游览自然山水，个人喜好罢了。

"明天请你们吃烤鸭。"邹老师把买好的一盒烤鸭照片传了上来。

"也太幸福了吧。"小漆代表大家在群里说。

晚餐在丹佛城区的一个特色餐厅内。远远就能看到，门头红色遮阳棚上印着麋鹿标志和店名"BUCKHORN EXCHANGE"。这是一个 1893 年由印第安奥塞奇部落人所经营的美式餐厅，烹饪野味。据说生意很好，需要早几日预订才能排上，Terry 早就替我们安排好了的。

酒店是一幢两层楼房，看得出是不断在修缮，维护得很好。

红褐色与米白相间的墙砖如同水粉画似的，上面还装饰了三对麋鹿角和四颗五星。门口有双人铁艺座椅供客人小憩。餐厅楼上楼下包括楼梯旁，都陈列着不少动物标本，有大黑熊、狼、豹子、飞禽等，更多的是麋鹿。经过两只比我高得多的直立的黑熊标本旁边时，抬头看到它们张牙舞爪的样子，我下意识缩起了脖子。除了动物标本，一楼靠墙还陈列着一柜子长短不一的各种猎枪。整个酒店布置，犹如一部印第安部落的涉猎史，饶有特色。

菜单是一张报纸，上面有各式菜肴目录，还有酒店历史介绍。由 Terry 推荐，我点了一份鹿肉加鹌鹑套餐、一小瓶本地的啤酒。啤酒有浓郁的小麦味，口感不错。但我不会喝酒，所以只喝了几口就放下了酒杯，我怕自己会醉着。鹌鹑土豆泥好吃，只是分量太足，我需要打包。至于那个鹿肉，我面对它犹豫了好久，还是下不了嘴，最后让 Terry 帮忙解决了。

一楼被包了，说是有球星来就餐。我们在二楼餐区。吃完下楼时，见不少外国人在餐区，我们也不认得哪个是球星，于是匆匆而过。外面，雪停了。

十四

根据行程计划，博尔德最后一天，我们要前往雪山体验滑雪。早餐后，Terry 在群里发来了一条更新通知："天气预报显示小镇阴天大风下雪，落基山也是一样的情况。大家保暖装备也不齐全，体验感会非常差。其次是山路崎岖，路滑极度不安全。"

"我们想去雪山。"

"我们想去雪山看看。"

……

小伙伴们显然有些不甘心。

"单程是二小时。"

"往返是四小时。"

"山路有雪，会更慢，因为都是崎岖的山路。"

"出现了任何问题，我们都无法准时在太阳落山前回来赶飞机。"

"我也不想让大家错过雪山，但是下雪大雾天，雪山看不见的。"

Terry 在群里苦口婆心地解释着。

"是的，春节我在云南翻孔雀山，因为风雪和积雪路，翻了足足九小时，还是当地少数民族职业司机开的车。"想起那夜的惊悚，我在群里附和 Terry。

一会儿，Terry 又截了一张天气线路图给大家看："我们的目的地在蓝色，全程都是红线。"

随即，Terry 发了一张此刻积雪厚厚的山路图："这个路开车看不清路况，需要四驱动力的车才能勉强上山路。目前实时天气预报确认在小镇看不到雪山，我们在市区说不定还能远远看到。"

"四驱也没用，所有车会在山路上排队像蜗牛爬。"心有余悸的我说。

"虽然天气预报说山上气温零下六度，但是体感是零下十二度。"Terry 说。

"大家不要任性啊，安全第一。不到万不得已，我不会建议大家取消雪山这一站的。"Terry 继续说。

"出来一趟安全第一。"邹老师发话了，"换个地方，红石公园，路好开些，也是国家公园。"

"我们去这个地方，和雪山置换。"Terry 表示赞同。

"这个地方每年夏季都有大型演出的。"邹老师补充说，"去的话大家多穿点，山边很冷的，风大。"

"今日不宜进山，大家多多理解。"Terry 说。

"理解！理解！"小伙伴们一致在群里说道。

一小时后，Terry 在群里通知："大家准备下楼去大堂集合，司机一分钟后到，黑色的沃尔沃商务车，尾号是 BPMI38，司机是尼泊尔人，上车报 Terry 即可。我们一会儿见。"

前往红石公园的路上只遇到很少的车辆，看不到一个行人。邹老师说，周日上午的美国街道没人的，商店、餐厅都是十点以后才开门。

再往下开离市区越来越远了，道路也愈发宽敞。路两旁都是空旷的原野，上面覆盖着雪。原野的后面就是连绵起伏的山峦，山不是很高，山顶上有雪。渐渐地，深灰色的云层有些散开了，升高了，感觉天空也明朗起来。这时，路旁绿荫间出现了一大片房子，如同格林童话中的森林木屋。小伙伴们都发出了"哇"的惊呼声。真的好美呀！也许一不留神，那些房子里就走出来个白雪公主。我不禁心旷神怡起来。

这时，邹老师发了个视频过来，只见一只肥硕的土拨鼠，正撅着肉乎乎的大屁股，在山脚的杂草堆里刨土挖洞。那样子又搞笑又可爱，直接把车里的人都逗乐了。

"我们到啰！"彤在群上喊。

"发定位。"Terry 说。

"CO-470，Morrison，CO 80465，美国（科罗拉多州杰斐逊县 MorrisonCO-470）。小漆把我们的定位发了过去。"

"来了。"Terry 回话。

太阳冲破灰白色的云层，钻出了明晃晃的脸。云层散开处，露出一片又一片天空的蓝，蓝得醇厚，没有一丝杂质。

眼前，是一个圆形堡垒，由排列整齐的条状红石堆砌。上面几个黑色的字母非常醒目— RED ROCKS, PARK AND AMPHITHEATRE（红石公园和剧场）。同时还标注着该公园建立于 1941 年。站在堡垒附近，我们看到山体被绿植覆盖，几只麋鹿正在山坡处悠闲溜达。

往里面走，一路都是巨大的红砂岩石，一层层平卧而起，其形态各异的天然造型颇为奇特。大型的露天剧场，利用山势，建造在四面红岩石中间。呈阶梯状设计的巨大观众席，让我想起了若干年前游览土耳其国时，在古罗马帝国遗址中，所遇见的以弗所古城可容纳二万五千人的露天剧场。感觉红石公园剧场是那里的缩小仿版。

此时，剧场的舞台灯光正在搭建，据说近日有演唱晚会。观众席上已有不少肤色各异的人。有的只穿背心短裤，沿着长长的台阶在慢跑，有的在原地锻炼，也有情侣在相偎而坐。

清冽的风从四处吹来，尽管有淡淡的阳光撒下来，还是感觉有点冷。

我们几个便也学着老外，在台阶上跑步运动，名义上求暖身，实则乃玩性大发。只是没跑多久，都明显感觉气喘。大家全然忘了红石公园是有一千八百米海拔的地方。

资料上显示，红石公园的红砂岩石，是因地壳运动和熔岩喷发，再经长期互相挤压、聚集而变形，使得这里的红石大多出现倾斜的状态，成为地质奇观与科州的标识地。再就是这些岩石中含有大量的铁元素，在长年累月的氧化过程中，形成了红色的铁氧化物。这跟十多年前，我在国内稻城亚丁见到过的红石滩不同。那里的红石个头小，颜色更为鲜红，缘于石头上生长着一种极具生命力的乔利橘色藻。而那些红藻一般在石头上存活四五年便会死去，再生长出新的，周而复始地轮回。可见，大自然的一切生命载体都是人类值得敬畏和尊重的，如同冰心在她的《谈生命》中所说，"在宇宙的大生命中，我们是多么卑微，多么渺小，而一滴一叶的活动生长合成了整个宇宙的进化运行。"

雪山在红石之外、在丛林背后，以其硬朗的线条延伸于天空之下。而此刻，那些与人类保持距离、隐秘在公园丛林最深处的动物们，或许早已感知——最蓬勃的春天即将到来。

十五

旧金山机场，候机厅。

场景一：一对老年夫妇，着同色的白牛仔外套，丈夫一头银发，妻子的亚麻色短发上别着一朵鸡蛋花。一站一坐，两人低声说着话，估计是聊到什么开心事了，妻子仰面哈哈大笑。也许，在丈夫的眼里，妻子永远是那朵美丽而充满生命力的鸡蛋花。

我不好意思老看着几步之遥的夫妻俩，赶紧把视线移开，但那让人好生羡慕的温馨场景，还是悄悄地刻录在了我的心里。

场景二：一位头发齐肩、花白的老人，捧着书，安安静静独自坐着。书下，垫着她军绿色的旅行包，KN95口罩把她的脸遮去了一半，我看不到老人的表情，但明显，周围那些来来往往的乘客，似乎都不能影响她的专注力。她翻动书页的时候，那丝丝声竟淌过我的心头，像一小股清流，柔软而顺滑。

这一刻，老人在读书里的故事，而我，在读她。

"一百多年前，很多华人九死一生到这里淘金，把这座城叫金山。后来在澳大利亚墨尔本发现了金矿，华人又把墨尔本也叫金山。于是为了区分两个金山，美国的金山就叫旧金山。"当我在座位上低头浏览着手机上的文字时，落地窗外，一个展翅欲飞的银白色大家伙，已在跑道上静静地等候我们。十四小时后，我们将落地香港国际机场。回家，回家！

还会来吗？我问自己。轻笑间，起身，肩起我厚实的黑色大背包。嗬，好沉。

2024 年 8 月 13 日

于大滩六号院

漂洋过海看"龙"去

"近年来，由于游客太多偷盗不绝，科莫多龙的生存环境受到了威胁。为了修复当地的生态系统，科莫多岛所属的东努沙登加拉省政府决定，自 2020 年 1 月 1 日起，对科莫多岛实施封岛关闭，以进行为期一年的环境修复。"

晚间，在网上看到这则视频消息，思绪将我带回到一年前的仲夏。

"我有诗行，流淌在八月的科莫多岛；流淌在，不是雨季的粉红沙滩。"

记得出门前几日，他换了一叠印尼币回家，面额有一万、二万、五万，甚至还有十万。天呀，这叠千万印币，足够我俩在那个陌生的岛屿发呆数日了。接过纸币，我跟他开玩笑说。傻瓜瓜，十万印尼卢比折合人民币才四十五块多。他拍拍我的后脑勺说。

从巴厘岛 Denpasar 机场起飞，落地科莫多 Labuan Bajo

机场，只有一小时十分钟的飞程。在飞机上，可以看到下面一座又一座的火山，从高空俯视，颇为壮观。资料上显示，巴厘岛位于一个地壳运动活跃的区域，导致地下岩浆活动频繁，从而形成了多座火山。

印尼国有大大小小超过万数的岛屿，素有"万岛之国"美誉，我们到达的东努沙登加拉，是属于科莫多岛的一个美丽区域。

我们来到一个名叫拉布安巴焦的小镇，住在一个面朝大海的当地酒店。房间不大，但干净，推窗便见大海。

当天傍晚，地陪何哥带我们前往一个海边餐厅。何哥介绍说，那是当地氛围最好的餐厅，可以吃到纯正的当地菜，且价格实惠。

我们经过小镇的夜市，只见到处弥漫着烟火气。窄窄的街道两边，烤鱿鱼、烤虾、烤玉米、烤土豆等烧烤，三五步就有一摊。除此之外，就是榨果汁。各种水果鲜汁，满满一大杯才人民币八到十元。

餐厅名叫 Bajo Bay Fisherman's Club，有两层，二楼视角更为开阔。我们从二楼窗户望出去，橙红色晚霞倒映在黄昏的海面上，波光粼粼的海水跳动着一片淡淡的橙红。此时，窗外低矮的绿植，在风中不时摇曳。港湾停泊的渔船和海上小岛，成为夜景中深沉而安宁的剪影。

餐厅回响着节奏强烈的音乐声，一向喜欢安静就餐的我，显然有些不太适应，但出门在外，还得随乡入俗吧。

何哥点了烤大虾、红烧海鱼、素食和酸菜汤，外加印尼炒饭和果汁啤酒。一顿下来，人均 50 多块人民币。我心下直呼印尼人民厚道。

一夜安睡。起来，坐在餐厅的露台上等早餐时，天已放亮，阳光撒在平静的海面上。近海的水色是浅浅的翡翠绿，更远处，则变幻成蔚蓝色。早起的船只，在"海水无风时，波涛安悠悠"的海平面上穿行。

瘦小精干的男服务生端来了早餐。一杯红茶、煎蛋、几片炸虾片，一份印尼饭耸成迷你岛形状，海苔垫底，饭里夹着豌豆和菜蔬。

就着休闲的早餐，心情大好。

帕尔达岛是科莫多国家公园的一个火山岛。对于平日里风雨无阻、每日晨跑一万步的本姐姐来说，跟着何哥进行一个小时的轻徒步，实属小菜一碟。而打小就在学校参加长跑比赛的他，登山、徒步更是不在话下。

等到我们上山时，才知路并不是特别好走。没有平整的台阶，小路窄而且陡，脚底都是高低不平、大小不匀的火山碎石。攀登海拔只有百米的火山，也得时时低头留神脚下。

科莫多长年平均气温 30 摄氏度，7—8 月是当地相对最冷的月份，但临近午时的太阳下也有二十七八度。虽然戴着宽边草帽，穿着利索的小跑鞋，身上裸露处涂满 SPA50+ 防晒霜，爬上山顶时，我还是汗湿衣裙。果然，他比我走得快，叉着腰，站在那对我笑。

山顶处，可以俯瞰科莫多岛全景。下面三个海湾和红、白、黄、黑四色汇合的小岛尽收眼帘。

一阵海风吹来，一下就把全身的汗收走了。山上植树很少，我们找了处可以勉强遮阳的小树荫，刚席地坐下，一个约摸六七岁、皮肤偏黑的当地小女孩跑了过来。"You are beautiful！"我朝女孩赞美。她咧开嘴，咯咯笑着，露出一口白生生的牙。

　　下山后，我们跟着何哥和公园的工作人员，在林中寻找巨蜥的踪影。工作人员嘱咐我们，寻龙时千万不可大声喧哗，看到后也不可靠太近。午后的科莫多岛丛林，有树木的遮挡，阳光并不炽烈。何哥指着一只懒洋洋趴睡在两个坑洞间的科莫多龙告诉我，它因为要生产，已经不吃不喝三个月了。

　　何哥说，科莫多岛上，现大概还有千余只科莫多龙，它们是目前世界上仅存的世前巨蜥，它们食肉，唾液有毒，具攻击性，不可靠近。他还告诉我们，它们捕猎物时，先用尾巴将猎物打昏，再用牙将猎物咬死，然后不用咀嚼一口吞下。之后可以保持四个月不进食。

　　在丛林的开阔地带，我们看到好几只大个的科莫多龙，都半闭着眼、似睡非睡的样子。何哥告诉我们，早段时间，它们刚捕获了一头野牛，肚子个个填得鼓鼓，所以现在不需要进食。

　　他接着介绍道，那两个大坑洞是准备要产蛋的母蜥蜴自己挖造的。一般情况下，母蜥一次能产二三十只蛋，但大多都被它自己食用了，仅剩数只免遭母口。刚出壳的小蜥蜴就会独立存活，它们需躲在树上生活三年，觅食时才下树，成年的科莫多龙最大的可达一百五十斤重。

　　太阳落山前，我们离开了科莫多岛，静候在红树林前。

当最后一抹晚霞隐退前，无数只蝙蝠从红树林中翩然而出，飞往对面的岛屿去觅食野生水果。据说，它们有十万数之多。顷刻间，黑压压一片，身影过处，把天空都遮盖了。除了"壮观"，我无法用更妥帖的词语，来形容眼前的画面。

终于来到心心念念的 Pink Beach 粉红沙滩。

沙滩缘何粉红？答案是，海滩有一种名叫孔虫的微生物，它会使周围的珊瑚礁产生红色颜料。当红珊瑚的碎片与白色沙滩混合后，就形成了眼前让少女心爆棚的粉红色沙滩。

8月的科莫多不是雨季，晴日的大海因此有了迷人的色彩。像棉花糖似的云朵，一簇簇悬浮在蓝天。阳光照耀下的海面，墨黑、孔雀蓝、翡翠绿海水依次晕开。白浪前赴后继涌向沙滩，黄棕色的岛屿点缀其间。靠近海滩处，有珊瑚礁伫立，礁石旁海水透明，水下有海星、海螺之类，肉眼可见，美得让人移不开视线。我一时被迷惑得词穷，想起喜用音乐煮文字的丁立梅，用一句话写尽美色。"美吧？我笑无语，不堪说，不堪说，只一任眼睛，掉进那汪洋里。"

一只小小的寄居蟹，躲在银白色的小海螺里，在礁石旁边的沙滩上缓缓移动，划出一条长长的线条。这是属于它粉红色的梦。我拽了他，一同入境。而后，用一枚白色的贝壳，在沙滩上画了一个超大的爱心。

遥想很多年后，老得哪也去不了的我们，坐在冬日的暖阳下，翻看这些有故事的照片，也许会看得老眼泛光，抑或潮湿。

是啊，翩跹红尘里，哪个女人不曾有过美丽的时光？就如同我漂洋过海去看"龙"的那些时日。

第三辑 在人间

虽然辛苦，我还是会选择那种滚烫的人生。

——北野武（日本）

消逝的日历

　　一早，陈村茶谷后的刘园，已经有一段时间紧闭的院门大开着。虽然已早过清明，但茶谷里还有好些彩色斗笠晃动着，那是早起的茶农在采余茶。

　　载着刘园女主人杨淑芬的救护车，经过茶谷后，急急驶入。后面跟着的几辆小车也随之停了下来。

　　等救护车后门打开，已等候有时的几个刘家男戚，立马上了车，七手八脚地连同担架，把杨淑芬抬了下来。此刻，担架上的人紧闭着眼，一张发紫的脸明显地水肿着。陪护在旁的淑芬老公刘海松，一位瘦小而精干的老人，还有在机关工作的独子小飞，父子俩和大家穿过前院、客厅，径直把担架抬往二楼主卧。

　　"淑芬交待的，要回家，要睡在主卧的老式眠床上。"海松气喘吁吁地说道。

　　"那是我姐的婚床，当年小飞就是在这床上接生的。"紧随其后的淑芬三妹子流着泪说。

"昨天我去病房时阿嫂精神还好，怎么今天一下子就这样了？"抬着担架的海松弟弟红着眼睛问他哥。

"医院出了点问题，早上你阿嫂挂着的氧气瓶一股氨气味，等我闻到，她的脸已发紫了，连连喘着大气跟我说要回家去！你阿嫂是毒气吸进去了，本来就弱兮兮的人！"海松说着眼泪又流了下来。

"那要找医院赔偿！"海松弟弟愤愤地说。

"人都这样了，赔偿又有何用？唉，天命啊！"海松边说边直摇头。

刚进入立夏，连续阴雨天，空气是潮湿的，刘园里的人眼睛也是潮湿的。海松揉揉眼睛，对着躺在床上挂着氧气瓶、此刻已停止了呻吟声、已然昏睡过去的妻，用手背抹去额头的汗，重重叹了口气，心里默默地说："淑芬，你已经赚了啊！"是的，一个跟癌症顽强搏斗十年的病人，不仅大大超过了当时医生判断的余生时限，而且在此之前从没有在病床上久躺过，不能不说已是赚了。

再过两年就至古稀之年的海松，是从县宣传部退休的。妻淑芬比他小两岁，退休前是小学老师。夫妻俩是师范的同学，数十年过去了，老两口依旧相敬如宾。遇到逢年过节，海松在亲戚朋友们面前聊到开心时，常常会吹把牛："当年在师范，是她天天来宿舍给我洗衣服，主动追的我！"每当这时，贤惠的老妻在一旁总是笑笑不吭声，任海松撒点小酒疯。

然而老天似乎不会让人生太完美。十年前，刚办完退休手续，留校返聘的淑芬在退休教职工体检时，查出肺部有恶性肿瘤已是中晚期，当时，孙子在儿媳妇肚子里尚有两月就要出生。在等待手术前，淑芬依然每天去学校，她放心不下马上要小学毕业的一班孩子。要知道，从十八岁开始当小学老师的她，在小学班主任这个岗位上，已守了整整三十八年。

淑芬去上海肿瘤医院做了微创手术后，大胖孙子也出生了。学校是去不成了，娃也是带不了了，虽然从媳妇怀孕开始，手勤脚快的淑芬多次跟家人说，不要找月嫂和保姆，刚好自己也马上从学校退休，带孩子的事她包了。如今带孩子的事是彻底黄了。

第一年带娃的差事，理所当然落在亲家母头上。舞蹈老师出身的亲家母在当地开了一家艺术培训机构，自己身兼校长和主教之责，每天除了跟着月儿嫂带娃又给一家人做饭，还要去机构上晚课和双休课，辛苦自不待言。好在亲家母尚年轻，身体素质又好，这一年扛下来了。

随着海松也从单位退休，静养一年后的淑芬，心态有了较好的调整。除了比正常人怕冷和抱不动孩子，身体还算恢复得较好。她让乡下的二妹帮忙来带孩子，一则可以让全家人安心工作，二来也添了儿孙绕膝的天伦之乐。

孙子两周岁后，同在亲家母培训学校当舞蹈老师的媳妇，执意把孩子带回了自己小家，理由是得给小宝做规矩了。

儿子一家回去了，两老口决定回到离城十余公里的乡下老家陈村养老。老家当年俩的婚房尚在，一楼一底白墙黛瓦的老房在夕阳下风霜卓然。屋内的老家具原封不动，默默述说着年代的寂寞感。由于两老不时回来打扫，屋里的家具上没有什么陈年灰尘，只是脚踩在木梯和楼板上，不时发出痛苦的嘎吱声。人在老去，老屋也亦然。海松和淑芬当然明白。

既然老屋不合适再安居，两老口用多年积攒的钱在附近买下了一幢闲置的山居别墅。别墅群共有三幢，是村里的自建屋，坐落在山脚后，山不高，种满了毛竹。屋前是一眼望不到边际的花坞茶谷。海松在院子里种上了蔬菜和花木果树，山居成了家人们生机盎然的后花园，海松把它取名为"刘园"。平时，大铁门一关，家里非常安静，仿佛遗世独立，这样的山居环境特别适合淑芬静养身体。

只是这种安静渐渐被打破了。话说海松夫妻俩喜欢收藏老物件，数年下来，居然把山居打造成了一个"民俗馆"，从老唱片机到石捣臼，从农耕用具到近代起居室展示，数千件老物件吸引了上万人闻讯络绎不绝前来参观。海松也被当地媒体誉为"民俗文化的守望者"。本来是件好事，但随着这民俗馆参观人数的不断攀升，对于隔三差五需要接待来访者的俩老，明显成了一种有苦难言的负担，特别是术后羸弱的淑芬更是觉得力不从心，身体状况日渐愈下，去医院复查，被告知：癌细胞已扩散到胸膜和发生骨转移。去年开始，抽不尽的"胸腔积水"，成为压垮淑芬的最后一根稻草。到年底，二楼她也走不动了，只能和海松睡在一楼的客房里，而且每晚需要吃止痛和安定片才能入睡。

过了春节，从云南采风回来的亲家母去山居看望淑芬，但见这个有着强烈求生欲的坚强老人躺在客堂间的藤椅上，裹着被子，说一句喘一口，已没力气行走。海松忧心忡忡地悄悄告诉亲家母，淑芬即便上个洗手间，也是借助轮椅的。

"要不再去抽个水，也许能好受一些？"亲家母小心翼翼地问淑芬。

"现在我这身体状况已是吃不消抽了。"淑芬有气无力地说。

透过花格子木窗，亲家母望了望一院子淡淡的阳光，以及竹篱笆内几株红艳艳醒目的玫瑰，转头又问淑芬："今天外面不下雨，茶园里空气新鲜，我和大哥推你去大氧吧透透气可好？"

闭着眼睛的淑芬，还是摇摇头，紫红压檐毛线帽下的脸浮肿着，没有什么表情。在亲家母看来，眼下的淑芬或许已放弃了最后的努力。

日子过得飞快。转眼两个多月过去了，淑芬的食欲越来越差，而且喉咙口像有什么卡住似的，一咽一个痛。淑芬只能去住院了。但她心里明白，住院也无非是挂点滴和吸氧，自己就像一盏油灯，油尽灯灭，已耗到头了，一切听天由命吧。

从淑芬住院开始，除了儿子、媳妇天天往医院跑，淑芬的小弟和三妹也轮流陪夜，海松更不用说了，二十四小时的陪护，本来就瘦小的身板越发显得佝偻了。

淑芬知道这次自己是无论如何逃不过了，某天提起精神，跟海松、弟妹他们交待了后事。她说，等倒下的那天，不要穿人不人鬼不鬼的寿衣，着西装戴领带就可。海松他们都知道，那套西装还是淑芬年轻那会儿，每天去课堂穿的，而且几十年间，她在学生面前，始终穿得棱棱角角，一副端庄样。淑芬又再三跟她小弟关照，那一天，不要道士先生来敲打，一切从简。

她还要求洋洋，到时给她梳个干净的髻。末了，她又嘱咐小弟，不要向快 90 岁的老娘透露消息，等自己走后再找机会跟老人说吧。几个人强忍着泪，一一点头称记下了。

此刻，额前耷拉着一缕银发的海松，把手伸进薄被里，摸了摸老妻的脚，发现居然热过来了。这时，旁边的洋洋也喊了起来："爸，小飞，你们快看，妈妈的脸色好起来了！"围在床边的几个人凑过去看，可不，淑芬的嘴唇也有血色了。

楼下正在张罗准备后事的几个大男人一听，都停下了手里的活，跑上楼来看淑芬，一看果真。脸色已缓和下来的淑芬醒过来了，嘴里含糊着说要喝水。小飞赶紧爬到床上，费力地用身体垫在母亲背后，他感觉母亲的身体好沉呀！洋洋端了水杯，插上吸管，送到婆婆嘴边。淑芬闭着眼，缓缓地吸了好几口。大家都听到了她咕噜咕噜的咽水声。

海松父子俩一起给淑芬躺下后，再问她是否需要侧躺。淑芬点了点头。洋洋端来两盆热水，给婆婆轻轻地擦洗上下身。当她看到婆婆屁股上已有两小块皮破了，露出了鲜红的肉，洋洋心疼得眼泪啪嗒啪嗒往下掉。

临近中午，送快餐的小车到了。海松招呼一屋子的亲戚们吃了午餐，然后跟大伙儿说，淑芬缓过来了，眼下看着还算稳定，大家各自先回去，若有变化，会随时电话通知。

亲戚们大都回去了，刘园暂时又安静下来。院子里，清脆的鸟叫声不时从枣树上传来。一对粉白的蝴蝶在几枝玫瑰和月季之间翩飞逗留。葱绿的南瓜藤蔓延着，四季豆棚也抽到半人高了。淡紫的小雏菊爬满了几只石捣臼周围。充满生机的院落与愁云密布的屋内，似乎成了两个世界。

从昏睡中醒来的淑芬说饿了，想喝粥。洋洋和小飞一个端碗，一个喂粥，好一会，淑芬才咽了两小口。躺下前，她跟小飞表示，千万别再送她去医院，就让自己安安静静地躺两天吧。陪在床前的海松，一想到死神的脚步已逼近老妻，生离死别或许就在近日，这个狮子座男人禁不住潸然泪下。

小飞给老妈买的医用床到了。海松征求了淑芬的意见后，几个男人把她从二楼抬下来，安置在了一楼客房的医用床上。这样，不愿穿尿布兜，一向有洁癖的淑芬大小便就不受罪了。接下来的几天，淑芬除了每餐勉强吃一两口蛋花之类，几乎都在昏睡中。守在床前的小飞，用棉签蘸了温水，不时给母亲轻轻擦拭掉眼睛的分泌物。

黄昏，天阴沉沉的。给婆婆擦洗过身体的洋洋，听到院墙外传来夜鹰哒哒的叫声。这会儿在洋洋的耳朵里，感觉这叫声跟哭似的。看着昏睡中婆婆一张水肿未消的脸，百感交集的洋洋抽出笔记本，写了一首小诗：

今夜，月光逃逸
玫瑰、雏菊们在黑里昏睡
你也在昏睡

你是否梦见
春风也在逃逸
谁还在吐纳生生的呼吸

也许，你无法捕捉黑里的记忆

只有夜鹰在更黑的院墙外

沉着孤独的枪声

　　离母亲节还有一天，正在娘家陪老母亲吃午饭的淑芬亲家母，接到了洋洋带着哭腔的电话："老妈走了！"亲家母立马驾车赶往离城十五公里的陈村。途中经过一家花店，她也不管三七二十一了，把车停在路边，就跑了进去，然后收罗了这家花店里所有的白色花卉，什么白百合、白玫瑰、白康乃馨、白掌、洋槐花等，一大捧花束用白纱系了，亲家母捧在胸前感觉很沉，就像此刻她沉重的内心。

　　母亲节清晨，淑芬安静地躺在刘园前厅的水晶棺内，身上穿着她最喜欢的那套浅灰色西服，戴着红色的领带。棺四周，围着白菊黄菊插的花篮，层层叠叠，那是洋洋让熟悉的花店连夜插好送来的。中间摆放着那束纯白的大捧花。整个刘园屋内，弥漫着浓郁的花香。海松说，鲜花是淑芬平生最爱，就像她数十年里教过的那些学生。

　　刘园外，一轮红彤彤的初阳在茶谷后冉冉升起。日出，是重生，是天路敞亮。海松一时记不起这是哪位诗人说的。

2024 年 5 月 15 日

子衿于大滩六号院

潜 修

那一年，心血来潮，报名参加了某地的一个抗压封闭实验活动。报名者需要在一个与外界隔离的房间内，独自度过一周，并予以日记。当然，活动方强调，它不同于某些国外高中生的野外生存训练，这项封闭体验会有一日三餐的食物投递。

我一向习惯课后在书房的独处，在好奇心驱使之下，报名参加了这个体验活动。

经历就是成长。如今，已经过去若干年了，每当翻出那几天特殊日子里的日记，心里仍然会感触良多。就如普希金所言，"而那过去了的，都会成为美好的回忆"。

11 月 16 日　天气多云转阴，有时有雨

按活动通知住进酒店。当晚，睡梦中被敲门声惊醒。我迷迷糊糊拿起手机看时间，才凌晨 4 点。可能是酒店哪位客人敲错门吧，继续睡。

敲门声没间断，而且急促了起来。我赶紧起身问，谁呀？

我是酒店前台，您需要马上集合，大巴车就在酒店楼下等。

"为什么要集合？"

"不好意思，楼下门口车子等着了，您尽快哦！"

我一下想起我是在活动时间里。于是，不再多问，起来以最快的速度收拾好行李箱下楼。楼门口已站着三三两两的工作人员。报过姓名、身份证号码、手机号码，我上了早已等候在楼下的大巴。

一同上车的还有几个年轻人，有男有女，旁边的一个男生，帮我把行李箱拎了上去。"我用温情守护这个初冬"，我想起了一句歌词。

我把视线转向车窗外。夜色还未褪去。没有星星的影，也望不见天空的那弯弦月，只有一排排透着黄晕的路灯不时迎面而来，又飞掠而过，在这静谧的凌晨，点亮着夜的黑。

十多分钟后，大巴车停在了一个叫溪杏苑的酒店门口。这里，便是我需要接受一周封闭实验的地方。据说这酒店是属于法国银杏苑旗下的五星系列。第一感觉便是，这项活动，投入不少。

酒店空荡荡的大堂处，我们排队填完相应的住店表格后，人手一张温馨告知单，里面详细罗列了期间需要我们配合的几个注意事项，包括酒店前台、以及应急医疗组和心理咨询的电话。

之后，我们被一一领到了自己的所属房间。6408 号，这便是我这一周的临时"小家"。

房间看上去略小，但对于我来说，这数天里，有一张床和一个书桌足已。

房门口摆着一张蓝色塑料凳，估计是投放一日三餐的。房间桌上有一堆矿泉水和若干洗漱品，加上从家里带来的一些梨和苹果，以及未吃完的一袋即食红枣和一包小熊饼干，想来，封闭期间个人吃喝与营养毋需忧心。

吃惯了家里自己下厨的清淡饭菜，酒店的两荤两素，予我自然有所不适。不过，既来之，则安之，能吃就吃，不吃的就少扒几口。一周一眨眼就会过去。

从四楼的窗户望出去，除了几处林荫隔离带，还有几条平行的车道。来来往往的汽车，碾压在马路上的声音不绝于耳。这人间是喧嚣的。

下雨了。雨丝从左右可开半尺许的立式玻璃窗外，随风飘进来，落在脸颊，心上竟也感知了几许冰凉。不远处起伏绵延的一带山岭，隐约在灰蒙蒙的雨帘后。

夜幕降临的时候，回身，拧亮了绸布台灯，我被裹在柔和的橙黄色光圈里。抬头，一张湖光秋色的油画，在顶灯的照射下，透着浓浓的治愈气息。上面，一群大雁正越过静水湖畔，越过黄灿灿的银杏林，飞向温暖的远方。

11 月 17 日　天气阴

一夜安睡，无梦。

早晨 7 点刚过，有人敲门，早餐了。

餐盒放在门口那张蓝塑料凳上。虽然闹钟定在七点半，但我不想吃冷食，还是穿衣起来，开门拎进了餐盒。然后洗漱，然后跑步。

所谓跑步，就是在除却床和写字桌外，一丢丢狭窄的空间里来回跑动。我边跑边给娘打电话，问她药吃了没。

"药在手心，正在吃呢！"

"表现好的！"

近来，娘常漏吃高血压药成了我的一桩心事。每次买好药送过去时，我就让老人在计日盒里摆好一周的药，按天吃一格，可她要么忘吃，要么吃完一天又去补齐，弄得阿姨和她自己都搞浑。无奈之下，我们只好把没打开过的药盒全收走，然后让阿姨每天查看计日盒里的药。不听话时，就让阿姨及时搬我们救兵。

此次出门，我最放不下心的就是娘这一桩。

半小时后，手机上显示五千多步了，就坐下来吃我的早餐。

早餐算得上丰富。有鸡蛋、萝卜丝饼、叉烧、肉包，外加两颗去皮的土豆，和一罐热乎乎的牛奶。除了肉包里的一团肉，其余悉数消灭了。

站在落地窗前，看满眼深深浅浅的绿，看川流不息的车，心是平静的。习惯了课余静坐书房的日常，所以应对进行中的封闭状态，与我，够不成难以忍受的煎熬。

几只鸟在窗下的树丛里啼鸣。我侧过耳朵，仔细辨认它们啾啾唧唧的声音。据说，若鸟声清脆，没有拖音，便是晴日。有关研究表明，鸟们中空脆薄的骨骼连在一起，里面充满了空气，骨骼中的内部气压与大气压基本一致，而且它们出色的听力可感知气流变化。所以说，雀鸟是能知晓大气变化的气象预报员。只是听了好一会儿，我终于还是没能辨出个子丑寅卯来。鸟的世界难懂。

天气明朗了许多，早上萦绕在山岭上的薄雾也散开了，只是阳光还未能穿透云层。没有风，裸露的肌肤还是感到了空气中的寒意。

又听到了敲门声。午餐到了。打开饭盒，哇，今天有我爱吃的大虾！剥着虾，记起我娘的生日，赶紧给妞电话："明天，你替妈妈买束花，陪外婆吃午饭，给个红包哦！"

"是外婆的生日啊，好嘞！不说了哦，我正在给你寄快递呢，给你买了小内内什么的，还有面膜，回家时还要看到你的好样子哦！"

听着妞的声音，眼泪一下涌出来，啪嗒啪嗒滴在饭盒里。有这个小妞在身边，是我前世修来的福。

老妹也告知说，她取消了明日的诸暨之行，会买了蛋糕去陪娘过生日的。

恍惚间，我娘喜笑颜开的脸在灯前晃动。

11月18日　天气阴

7：30按时起床。跑步、吃饭。

进来三天了，太阳一直没有露脸。

快递员的电话打进来了。真快，妞昨日邮寄的生活品已到，我知道里面有块浴巾。前台说，11点会连同午餐一起送来。

天空笼罩着阴沉沉的灰色。真希望这时候有阳光，铺张丁达尔效应，刺破厚积的云层，照射红尘万粒，也照射在搁浅的角落。

午餐依然是两荤两素。蛋蒸肉、葱油鲈鱼、清炒白菜、萝卜干炒毛豆。我没有挑食的习惯，只是不吃蒜。我把撒在鱼上面的蒜末，用筷子一粒一粒挑出来。炒毛豆里也放了大量的蒜泥，已跟菜紧密结合，无法分离，我只能放弃食用。

记得小时候，我每每路过下大路的咸亨酱菜店，闻到那股醋大蒜味，就会捂住鼻子，快速跑离。娘也从不买蒜做菜。后来我成家了，从小在西安三原部队大院长大的姐她爹，在家也没了吃蒜的福利，只在出差的时候，重温蒜味。

多亏我留了今日早餐里的一枚咸鸭蛋，这顿午饭还是有滋有味的。

大致估摸着，每人每天的餐费大至在百元上下，加上住宿，这么些人一周封闭下来，对于活动方来说，负担不轻啊！

妹和姐同时发来了照片。看到王二小姐热泪盈眶的照片，我鼻子一酸，眼泪也忍不住了。

妹说，妈哭着在笑；姐说，外婆头脑清晰，状态棒棒，放心吧！

我拿起电话，跟我娘大声说："祝老娘福如东海，寿比南山！"

工作人员把快递纸箱拎来了。我满心喜欢地打开，一样一样地翻看。有桶装拉面、馄饨，有浴巾、一次性棉质小内内、洗脸巾、湿巾、保湿面膜等，还有一块爱敬卡莱丝名画香皂。

皂盒上，克里姆特作品里的美丽酮体、鲜艳的服饰、背景处的凤翎，以及大片红色火焰，无不流露着生命的厚重色彩。

"当作一次修行吧！"微信对话框里，师父有留言。师父这是在教导我，借此修炼消除内心沉积的浮躁。

临睡前，想起海东青讲诗班群里该交作业了，便在规定的图片中选了第一张。

雨滴的梦

云帆轻漾，你坐在风的肩头
投影漂泊，蓝色脉搏闪闪跳动

银河激情，星雨飞溅
不灭的璀璨划过眼眸

坠落，在透明的翅翼上
挣扎出最后的沸腾

躺在床上还在琢磨，水究竟是脏雪球分娩的胎儿呢，还是地幔里跑出来的娃？想着想着，元神跑到平行宇宙去了。

11 月 19 日　天气小雨
窗外飘着小雨。一顶淡蓝色的伞在楼下移动。

没听到悦耳的鸟鸣，只有难听的哇哇声，不知从哪棵树上传来。像是鸦的声音。

好兆头。现今人们常以"乌鸦嘴"表示不吉利的预兆，其实在中国的一些古籍书里记载，乌鸦是报喜的瑞鸟。上古神话里的太阳不就叫"金乌"吗？

相传周朝复兴时，曾有成群的乌鸦绕着宫殿飞舞。而满清王朝，则把乌鸦作为吉祥的图腾，因为传说乌鸦曾解救过他们的祖先，努尔哈赤和皇太极父子俩。早前，满族人的院子里都竖有喂乌鸦的索罗杆。现在沈阳和北京的故宫里还有索罗杆，就是最明了的证据。

低头看看自己已穿了六天的黑色线衣，莫非前世也是一只通体乌漆麻黑的鸦？不然为何一直喜着各类玄色衣裙。呵呵，为自己丰富的想象力打卡。

半小时跑步时，背了 N 遍心经。佛经说，般若能度一切苦，得涅槃，证得菩提果。静心，静心。这会儿，心不喜不悲，状如远处那一带山岭，肃穆而寂静。

般若，般若。词在唇齿间，像游鱼吐了两个水泡。

2022 年 11 月 20 日　天气阴转多云

敲门声响起时，我知道早餐到了。实在困，答应了一声，在床上又赖了半小时后 就不敢睡了。睡懒觉是犯罪的观念已植入潜意识。

开门，取凳子上的餐盒袋，快速瞥两眼左邻右舍，哈，餐盒都在凳子上打坐。

跑步，给娘电话。

早餐后，完成封闭训练的告知书到了我的 6408 房间。上面写着简单的一句话："您好！感谢您参与并完成一周的封闭训练活动。祝您平安！"

接到了东白老师的微信电话，下周六赴新昌，参加"四季下岩贝"作家采风活动，另外需要表演个独舞。待问清下午结束文学讲座后就回绍，不会耽误我当天的晚课后，我立马回话："没问题！"

顷刻，下岩贝穿岩十九峰的云山雾海，在我渴望的记忆里蒸腾。

两度去过下岩贝，只是无缘极致的云海。但在山雾轻绕的十九峰前起舞，以及夕照群峰的落日下发呆，也成为了日子里意犹未尽的体验。

年初，带着我娘在下岩贝的山中来信民宿住了一晚，正巧碰上飘了点雪。初雪点缀下的穿岩十九峰，在我眼里多了些出尘若仙的诗韵。当晚，我把心情流淌在笔端。

干穗的麦芒
沉默在山中来信

十九峰眼眸，迷离
初雪裙裾

天工圆窍
回响揽舟脚步
客儿的木屐，高挂
云雾深处

青团的甜糯里

我咀嚼这一季天姥

诗意

大片的阳光穿过落地窗，洒在软软的米色地毯上。风是暖的，吹动纱帘时，浅米色的墙布上，摇晃着条状投影。

此刻，心情跟着天气一起晴朗着。

夕阳落在对面山岭上时，浅浅的阳光从整个窗户跑进来，铺满了半个房间，包括洁白的床，烟青色丝绒床背上，一条鲸鱼，朝着光影游来。

我把房间里唯一的一把椅子搬到窗前，坐下，静静地看夕阳一点一点沉下去，一直沉到山背后不见了。

窗外飘浮的云已染了淡杏色，确切说，是淡杏色的晚霞。这时候的天空，透着不经意的婉约与怡人，宛如浸染仙女的呼吸。

好久没有这样放空自己坐下来，看落日，看晚霞，看华灯初绽了。也许，是老天要我找个时间过滤自己。我相信，世上的任何人事，都不仅仅是因缘巧合。

吹进窗的风有了凉意。起身，我套上杏色的毛衫。

晚上 8 点，按时在手机上参加诗歌班的作业点评课。难得有机会从头到尾，完整地听海东青老师讲完 1 个半小时的课。海老师的课每十天一次。平时我都需要在舞蹈晚课后，再赶回家听课，这时，海老师往往都已讲一半了，我只能待听完再爬楼补课。

"睡觉了，晚安。"催促睡觉的"闹钟"准点响起。

嘻嘻，晚安。

11 年 21 日　天气晴

整夜都在做梦。

只记得在一处宽大的屋子里，有床，有桌子，还有浴室。好几个同学进进出出，好像在等待中，集体要去聚会。感觉是下午的光景，按计划，大家需沐浴完毕才出发。

渴望脱离孤单，渴望大的空间，渴望回到自己的家，洗一个暖暖的热水澡。我给潜意识把了脉。

前晚临睡前脱了衣服准备洗澡，但水好长时间还热不起来，只好作罢，默默穿上睡衣，乖乖睡觉。昨天洗澡的水也是流了半天才有热气。怕冻着，匆匆忙忙冲了一下。这节骨眼上，可不能让自己感冒了。

这个有洁癖的处女座，在努力用意志抵御洁癖症的泛滥。

早餐盒里，依然是丰富的。有玉米发糕、蒸饺、紫薯、鸡蛋、萝卜丝饼、小菜包、祖名豆奶。这么一堆食物，没三十元拿不下来。之前估摸的伙食费不止百元上下，应该在一百二十元左右一天。

记得小时候，每当我的胃病发作需送医院时，娘就会坐在床边，对着躺在床上小只的我，泪眼婆娑。20 世纪六七十年代，国家困难时期，国营企业职工家属的医疗费都可报销，而事业编制的单位职工需承担国家困难，子女的医疗费是要自负的。父亲是从公安系统转业到中学的，而我娘早前因要照顾住院的父亲，咬牙从国营茶厂辞职后，一直到我们姊妹俩都上小学了才进的街道企业。娘说我小时候特难养，这个病那个病。我一送医院，每月48元工资的父亲就要去学校的储金会借钱。娘说，那时候，天不怕地不怕，就怕大囡生病。

"……我何其幸，生于你怀，承一脉血流淌。难同当，福共享，挺立起了脊梁。吾国万疆，以仁爱，千年不灭的信仰……"打开手机，一曲《万疆》在房间萦绕。爱哭的猫又犯傻了。

贴近窗户，歪头斜眼望去，南面的山峦雾蒙蒙的。这个季节，正西面的一带山岭还是郁郁葱葱。天淡淡的蓝，云淡淡的白，水粉画一般。

查看高德地图，溪杏苑这儿属西湖留下，处在荆山岭路，我的家在东边，距离八十四公里，开车一小时二十分钟就到。荆山岭上有回族公墓，估计就在那雾蒙蒙处吧。

留下素来名声在外。本来叫西溪市。南宋建炎年间，南渡的高宗赵构，看到此地小桥流水，芦花似雪，不由动情地说，西溪且留下。自此，西溪改称留下。可见，连皇帝都喜爱的地方，纯属好风水。

想家，想我的孩子们。

又听到敲门声，晚饭来了。感觉才吃过中饭没多久啊。

看到《浙东文学》作者群里，钱国丹老师的作品《向天之恋》续篇出来了，赶紧把饭盒推一边，一口气读完，直读得涕泪两行。

能在这几天读到老师们的新作，也是小确幸哦。

11年22日　小雪　天气阴

昨夜上完海老师的诗歌讲评课，再读读写写，晚睡了。早晨 6 点来测核酸时，我还在梦里徜徉。

7 点半，闹钟响了，逼自己起床。拉开窗帘，洗漱，跑步。

阴天，视线里整一带荆山岭，都是雾蒙蒙的。今日小雪，俗话说，"春雾百花冬雾雪"，将雪未雪天，只隔着一场西伯利亚的寒流了。写首《小雪》应景吧。

> 一道落地窗，阻断脚步前迈
> 我来去自如的视线
> 早已跃出窗外
> 与雀鸟一起飞掠
> 与车辆一起川流
> 与荆山岭一起静默
>
> 亲爱的
> 如同迷恋你嘴角的一涡笑漩
> 我是如此迷恋那些形形色色的未央花
>
> 此刻，她们等待西伯利亚的寒流
> 来包裹六瓣玲珑心
>
> 挣脱云朵最后的牵绊
> 投奔大地温热的怀抱
> 虚空的坠落里绽放旷世凄婉

是她们义无反顾的宿命

而我未曾收敛的羽翼

在归途的风中簌簌作响

午后，有点薄薄的阳光透进落地窗。我赶紧搬了椅子在窗前，再次把浴巾从卫生间的不锈钢架上扯下来，叠两叠，挂在椅子背上。阳光是最好的消毒剂。

往常因为有晚课，晚餐几乎是忽略的，吃点菜我就饱了。托我娘对我们自小"一颗饭籽一点麻子"的蒙训，平时我没有剩饭的劣习，只是隔离期间破了戒。我习惯了重视早餐、中餐，所以面对晚餐盒，我只能拱手求饶。

今晚盒饭里的菜依然可算丰富，有香酥里脊肉、毛豆炒三丁、酸菜鱼片、酱汁芋艿，外加一个苹果。晚餐每次都有一份水果。

我把芋艿和毛豆籽挑完，吃了几口米饭，这胃就饱了。本来想再吃点鱼片酸菜，但看着那浮在汤汁里的厚厚一层油，罢了罢了，我不是来养膘的，这舞蹈老师的职业也不允许我养膘。

跟昨晚一样，我只能连声默念着罪过罪过，把饭盒小心叠放在黄色的包装袋中，然后扎紧袋口，放在紧闭的门后。

按规定，垃圾袋只能在每天上午的9点到10点放在房门口，由专人来收取。10点后是不允许再放垃圾袋的。

一周了，我已习惯了每晚与垃圾袋同室而眠。

从手袋布包里拿出随带的一小罐迷你香水，拧开小盖，往房门口轻轻一喷，顷刻，房间里弥漫起栀子花的清香。

栀子花素有"禅客"和"玉荷花"的别称。顾名思义，它与荷同季开放，纯洁而有出尘之美。它的叶四季常绿，即使是在严寒的冬季，也依然于绿意盈盈中坚守。

爱、承诺、坚强，如同栀子花。自然界的诸多生物，犹如人类的老师，无时不刻都在给予榜样与暗示的力量。

打开"祖师爷"发来的一个微信视频，雪景中，一张偌大的"祝你冬日安康"的字幅，伴随着悠扬的小提琴声，在这不寻常的小雪之夜，传递着温暖的信息。恩师，同祝冬日安康！

11年23日　天气阴

许是想着可以回家了，夜里睡得不够踏实，走廊有点声音就一下醒来竖起耳朵听，听是不是在开始办出门手续了。

再次醒来时，窗外天色已亮。怕睡过头误事，赶紧起床漱洗。找出黑色的蕾丝发带，美美地绑了发辫。瞧瞧镜子里的人儿，没有半点颓废样，依然精神着呢。

吃了早饭看时间已过8点，就给值班机打电话询问，几点能下楼。回答说，工作人员8点半上班，再等一会吧。

8点20，有人敲门进来了："签完字，可以走了哦！"

行李箱是昨晚就整理好了的。秒速签完，提起箱子就跑，工作人员在身后笑着喊："怎么那么神速呀，电梯在左边！"

接送车已在大门外等候。宽阔的石壁上，"溪杏苑大酒店"几个大字，再次映入我回眸的眼帘。

冲着室外灿烂的阳光，我张开手臂，伸了个大大的懒腰。眼前，车来人往。抬头，天泛着淡淡的蓝。人间，美啊！

老小孩记事

一

　　老母亲的阿尔茨海默症已至 3—4 期间，今年她的状态是呈断崖式下滑速度，所幸身体生理机能好，特别是心脏这架发动机堪比年轻人（体检医生的原话），能吃能睡。几个月以来，因为老人几乎每天不让阿姨做饭、干活，甚至对阿姨出现语言、肢体等暴力倾向的情况，让我们姊妹俩绝望感顿生。如果不把这个甚为称职的阿姨留住，可想而知，势必出现频繁换阿姨的情况，这对母亲的生活而言更为不利。早两周我们带娘去了第七医院的老年精神科，医生给配了镇静类的丸药，特别提醒吃了药后，药性发作时，除了嗜睡，还会出现脚发软的情况。果然，之后糟糕的情况不断发生。老母亲上午吃了药后，就昏沉沉一直睡觉，精神萎靡不振，而且短时间内无法正常行走。这不是我想看到的后果。更为严重的是，某天老人刚吃了药，就把阿姨赶出家门，等老妹在监控中看到赶过去时，母亲已躺在地上二十分钟。那刻，接到电话疯一样飞车过去的我，抱着娘除了哭只有哭，从未有过的无助感铺天盖地淹没了我。朋友们劝我说，放弃吧，只能送去第七医院护理处，这样是对老人负责。万般无奈之下，找了朋友，联系了专家医生，准备好了送娘过去。尽管闺蜜劝我说，那里没有那么可怕，她的朋友母亲也是这样过来的，我还是心如刀割般痛。

次日按约定我们送老人去专家医生那，医生跟老人几句对话下来，他就对我们说，不用住院，不要吃镇静药，吃一粒延缓症状的药就行，这种老年病需要技巧，平时不要激怒老人，要哄，一切依她，她发脾气了，就冷处理回避她，少跟她说话甚至不跟她说话，她想睡就睡，想吃就吃，不用按我们正常的生活秩序去要求她。

那一刻，我觉得整个宇宙都来帮我了，原来娘还有希望，原来我们还没到山穷水尽之地。

两天了，早上我醒来的第一件事就是飞车过去，陪母亲吃早饭，陪母亲在小区附近的鹤池苑公园走走、坐坐。尽管母亲不跟公园里的陌生老人们交流，即使有人跟她搭话，老母亲也只顾自己摇着我递给她的团扇，爱理不理，目不斜视样。

公园里有两张乒乓球桌，不少老人在那起劲地打球。回想父亲健在时，母亲也曾每天跟几个老伙伴们，上离家不近的府山晨练，或跳交谊舞或集体舞，或打太极拳，有一阵子她还练上了舞剑。那是老母亲多么有活力的日子啊！

离开公园前，我跟一位与母亲在石凳上同坐的老阿姨约定，明天见，然后带着母亲去小区门口买了菜，阿彩阿姨今日休息；

我要给母亲做饭。一路上，看到母亲行走的脚步稳健，心里多少还是有些安慰。

二

真应了那句"病来如山倒"的话，平时能吃会睡，连感冒都没有的老人，竟因为东西吃坏有些炎症而一发不可收拾。挂了两天点滴，炎症好了，其他所有身体指标也正常，却有了厌食症，除了药丸不肯吃任何东西。昨日还好，今日就开始缺钾。没奈何，只能住院。菩萨保佑我娘能逃过这一劫。

三

这个中秋节陪娘在医院度过。

除了水和丸药，母亲还是不肯进食。哪怕我们喂她一点点蛋羹，她也要用舌头顶出来，或是用纸巾裹出来。有一次发火了，她还把仅剩的上假牙作"武器"吐出来，以示抗议。下假牙在进院前几天已不翼而飞。无尽的忧虑似厚厚的阴云浮在我们姊妹俩头顶，心头有一种近乎绝望的感觉压着。

点滴从上午一直挂到傍晚。母亲的血管很脆，两手背满是淤青。如果不放留置针头，根本挂不了任何点滴。

妈，你叫王春，生在十月的小阳春。我是你的大囡，叫海燕，海燕会飞，来，我们一起飞啊飞啊。我叫王春，你是我大囡，叫海燕、海燕。母亲抬起两个瘦弱的胳膊，跟着我上下划动，虚弱的脸上有了笑容。一会儿，母亲说，我累了，飞不动了。瞬间，眼泪顺着我和妹妹的脸颊下滑。

希望明早我娘还能记起自己和两个阿囡的名字。

四

没有吞咽问题的母亲还是不肯吃东西。这是精神上的心理障碍，但我们无计可施。除了挂针，医生也无可奈何，甚至说再这样只能"鼻饲"了，听得我心揪起来。绝望之下，我跟妹说，只有求老天了！不是说，天无绝人之路吗？

一早，和妹冒着大雨，驱车去平水平阳寺。

今日是农历八月十六，僧人们聚集在大殿作佛事。在大殿门口，遇见寺里的妙田师父，告知给母亲祈福，又说，母亲在医院已绝食六天。话未说完，我已哽咽相对。妙田师父见状，就对我说，在大殿观音跟前供上烛香吧，保佑老人病体康复，之后我也会替你们天天上香点烛的。

跟妹妹跪在蒲团上高擎香火的那刻，我相信心诚则灵，我愿意相信人们口中的高维度能量能穿云破雾，救我娘亲。

也许我们的眼泪感动了上苍，也许世上真有巧合之事，回到医院时，阿彩告知我们母亲开口吃了花卷，吃了香蕉。

顿时，我和妹妹摸着老母亲干瘦的脸和手，喜极而泣。

五

屋漏偏遭连夜雨。因吃坏肚子搞到住院的老娘，由于自己家的保姆阿姨熟睡不醒，老人自己起来翻扶栏床而摔下来，骨头没事伤到大腿筋已属万幸，但一时不会走路了，估计得要几个月。如果一开始就找医院里的熟练护工照顾，大概率就不会出事了，终于信了"术有专攻"这话。后悔也来不及了。

同样，一直不忍心送娘去托管，其实是错误的传统观念，特别是对于像我老娘这样的特殊病人来说。

老小孩来专门收阿尔海默氏症的康养中心依家托管三天了，就像小宝宝开始去幼儿园一样，有个适应的阵痛过程。第一晚闹着要回家，第二天闹情绪躺床上，我们俩囡陪着也无济于事，第三天起来会笑了、要吃了，而且跟中心的护士和陪护相处很好，加上二十四小时有固定的护工阿姨照顾，并且晚上陪睡在老人身边，我们悬着的心放下了半颗。

有希望，日子就不会绝望。

六

护理主管小崔在"王春奶奶护理群"发上来视频，里面几个老人正排排坐看现场的越剧表演唱，带着笑容的母亲在其间看得很专心。她旁边的一个胖奶奶却在越剧声中美美地打瞌睡。老小孩们，祝你们天天开心！

希望母亲渐渐适应群体生活，伤筋的一条腿也快快好起来呢。

<h1 style="text-align:center">七</h1>

惦记着母亲，早上起来后洗了把脸，蒸了鸡蛋羹，就跑去依家。

唐阿姨说，母亲昨晚没好好睡，坐在床上一直吵着要回家。唐唐说自己也跟着起来坐着，生怕老人又摔。折腾了一晚上，唐唐说早上起来头一直胀胀的。说得我心里过意不去。护工这活确实辛苦多多，更何况是面对这样的老小孩。

跟一群老人排坐在大餐桌前的母亲今天不开心，见了我低着头不吭声、不说话，让她吃鸡蛋羹也马上推开，连平时喜欢吃的红枣也不要。后来分发下来餐盒，母亲总算吃了一个小红薯后，再也不肯开口了。

老人们餐桌前的位子是固定的。挨着母亲左边的，是一位九十六岁的老奶奶，据说来依家已有好几个年头。早几天也是饭点时，我在母亲边上见这位老奶奶把餐盒推给我看。我一看，上面没有勺子和筷子。餐桌对面有人说，勺子在她衣兜子里。我起身去摸她的口袋，果然，我在口袋外面摸到了勺子。刚帮她掏出来，我就转身去让母亲吃饭。没过三秒钟，那位老奶奶又来扯我衣袖。我一看，咦，勺子不见了。我刚想问老人，对面有人在说，她的勺子又被她放回衣兜去了。才几秒钟的时间，老人就忘了事。当我把勺子再次递给老人时，她对我笑了。今早在餐桌边看到老奶奶，我吓了一跳。才一天不见，老人已剃了光头，头顶上贴了一块纱布。旁边的一位护工阿姨告诉我，昨天老人闯了大祸，差点见大王去了。我问怎么回事？回说，这个爱不停走路又不太走得稳的老人，昨天摔了一大跤。护工用手比划着说，发现老人摔倒时，她躺在地上，头下地上一大滩血。院长当时赶来脸都变色了，赶紧打120，送了医院，并通知了老人的儿子。也是这长寿老人命硬，这不，今天又坐在餐桌边等吃饭了，只是给老人坐了轮椅，并用带子围住了。老寿星见到我，跟我说，剪刀剪刀，又指着带子做了个剪掉的手势。我对老人摆摆手，说，吃饭啰！这真是个可爱的老小孩哦。

早饭后，和妹推着母亲的轮椅回房间给她擦洗了身体，换了内衣裤。母亲的专属护理唐唐阿姨说，老人其他方面基本都还肯配合，就是不愿意给擦下身和换内衣裤。我能理解，这是老母亲潜意识里维护自己的最后一丝尊严吧。

妹妹预约的王志方牙科就在解放路华润万家商厦背后。我们推着轮椅上的母亲，从依家出来，拐个弯穿过马路，对面就是牙科诊所。这个诊所我小时候就知道，它的名声跟当时的梅林牙科一样，是绍兴城的私营老字号牙科。也是母亲运气，牙科离依家才200米距离，否则我们怎么把眼下伤了股经，一动就喊屁股痛，连抱也不让抱的母亲弄到车上。

诊所在二楼，需要走过一段盘梯。我和妹抬了下轮椅，我的天，两个女人根本没法将老母亲抬上去。看到楼梯口有俩年轻男人，情急之下也顾不了那么多，我厚着脸皮上去央求帮忙，并说会给劳务费。两男人看了看我母亲，二话不说，上来推起轮椅就走，并让我们俩前后护着老人，生怕摔下来。

三步两步就到了二楼平台。我刚要掏手机支付辛苦费，俩年轻人放下轮椅，摆摆手，头也不回地下楼去了。世上总是好人多。我在心里感激着。

接诊的是王志方的女儿，看来，诊所已"子承父业"。不出我们所料，尽管我左哄右骗，老母亲就是不肯配合，还骂我们"是否嫌钱多"。我耐着性跟母亲解释说，你假牙都坏了丢了呀，装了新牙后就可以吃很多东西了。

我现在也可以吃呀！母亲不耐烦地反驳着，情绪又暴躁起来了。

小王医生一连报废了两次取模软泥，母亲依旧不配合。无奈之下，王医生说，只能强制取模了。于是，妹妹抱住母亲双臂，我捏捏放放母亲的鼻子，在老人剧烈反抗的喊叫声中，小王医生以最快的速度完成取模，期间手指差点被老人咬住。之后，王医生要求我们等待二十分钟，以便再次试模。

我们将轮椅推出手术室，停靠在门口的露台上。经过刚才的一番折腾，这时的母亲显得很疲惫，闭着眼似睡非睡，而我和妹已是汗流浃背。

露台很宽敞，种着一些绿色盆栽，不时有凉爽的风吹过。对着安静下来的母亲，我不由长长吁了口气。

在等待的过程中，我了解到，王医生竟然是早前我的成人舞蹈班学员。据王医生说，当时，她只上了几堂课就坚持不下去了，然后把余课让给了其她学员了。一转眼，已过去快二十年了，正所谓"时光匆匆又匆匆"啊！

再次试牙模时很顺利，母亲表现很好，没有再闹脾气，很配合。一旁的我们使劲表扬了老人。下楼梯时，王医生伙同诊所里的人，帮我们一同把轮椅抬了下去。王医生表示，下次复诊她会亲自去依家的。如此，便可免去抬轮椅上楼梯之苦了。真好！但愿二十天后戴上新假牙的母亲，可以咀嚼更多的食物，提升生活质量。

八

早上起来热了煮好的红枣和白粥去依家。轮椅上的母亲已乖乖地跟老小孩们等候在餐桌前。两天没见母亲，今日看上去气色不错。从背后一下子喵到母亲跟前，她见到我，笑了，很开心。唐唐阿姨说老人昨晚睡得可好呢，一直到早上7点，竟然一整夜都安睡不醒，白天也一起吃饭的，虽然吃得不多。下午还吃了芝麻糊。唐阿姨补充说。

每次到依家，阿姨向我们汇报的都是吃喝拉撒之事，仿佛是在列数一个小宝宝的日常，但这里的阿尔茨海默症老人们，何尝不是一个个老小孩呀。

趁早餐盘还没到，把红枣放在母亲跟前。这次不用我喂，皮归皮、核是核，母亲很利索地把它们消灭了。

餐车到了。站成一列的护工阿姨们纷纷上去，把餐盒一一分发给老小孩们。早餐很丰富，有紫菜水饺、蒸老南瓜、煮鸡蛋、两个花卷。只是吃了几勺白粥和南瓜后的母亲，坚定地把餐盘推开，我剥的蛋白也不吃，说吃饱了。依家的早餐量确实有些多，我替母亲也吃不完。

说服母亲洗澡是一件较为困难的事。依家的护工阿姨们说，这里的阿尔茨海默症老宝宝都不喜欢洗澡，有的甚至反感到用污言秽语骂让洗澡的阿姨。我查过相关资料，这是疾病导致的认知功能障碍，是病症之一。母亲最近两年也出现了同样的状态，不愿洗头洗澡，老是说，她刚洗过。这会儿，在跟她商量无果的情形之下，我换了衣服，换上吊带裙，推着轮椅和阿姨直接去了澡房。

　　依家的澡房空间很大。阳光透过宽大的玻璃窗，照在白色的瓷砖上，安宁感油然。洗澡蓬头下安放着为老人洗澡专用的座椅。在母亲的骂骂咧咧声中，我给她洗完头，再搓洗身体。母亲的后背依然柔软和光滑，前胸的乳房耷拉着，这便是老了的母亲。此刻，这曾用她的血肉之躯，喂我、抱我、暖我长大的母亲，赤裸裸地面对着我，就像我儿时赤裸裸面对母亲那样。此刻，我没有哭，我的心下一片柔软。妈妈，我爱你呀！